# कोख की हूक



प्रीति कुमारी

BlueRose ONE.com
Stories Matter

First Published in April 2022

**ISBN: 978-93-93809-16-2**

**BLUEROSE PUBLISHERS**

www.bluerosepublishers.com

info@bluerosepublishers.com

+91 8882 898 898

**Cover Design:**

Muskan Sachdeva

**Distributed by:** BlueRose, Amazon, Flipkart

# कोख
# की
# हूक

# आभार

मैं इस पुस्तक के लेखन में विचार को मूर्त रूप देने में और इसकी कथा-वस्तु के संयोजन में महत्वपूर्ण योगदान के लिए वरिष्ठ रचनाकार श्री दुष्यंत कुमार का आभार प्रकट करती हूँ। पुस्तक के संपादन में भी उन्होंने मेरा सहयोग किया है।

# समर्पण

यह उपन्यास उन सभी बेटी,बहनों और "माओं" को समर्पित है जिन्होंने प्रकृति से मिले ममता के अनुपम वरदान को सिंचित करने में अपना जीवन-रक्त अर्पित किया है।

# भूमिका

## होना, न होने के साथ..

बचपन से बच्ची खेल–खेल में खुद को माँ की भूमिका निभाने में सहज पाती है और माता–पिता भी तथा फिर समाज भी, यह मानता है कि स्त्री की पूर्णता उसके माँ बनने में है। माँ बनना एक स्त्री को अद्‌भुत गरिमापूर्ण स्थिति में ले आता है–वह निजी रूप से तो बड़प्पन के भाव में आती ही है, समाज भी उसके प्रति अलग प्रभावशाली सोच को प्राथमिकता देता है। इसके पीछे, जरुरी नहीं कि समाज की प्रगतिवादी सोच ही केंद्र में हो बल्कि स्त्री की वंश–परंपरा को चलानेवाली भूमिका पर यह सोच ज्यादा केन्द्रित लगती है। वर्ना किन्ही विशेष कारणों की वजह से जब कोई स्त्री माँ बनने से वंचित रह जाती है तो यह समाज उसपर चौतरफा वार करने से नहीं चूकता। अगर समाज की नजरों में, स्त्री के प्रति एक मानवीय दृष्टिकोण होता तो वो उसकी कोख को समस्या का केंद्र बनाकर उसके साथ भेद–भाव और बर्बरतापूर्ण व्यवहार नहीं करता। बाँझ जैसे कंटीले विशेषणों से उसकी आत्मा को बींधता नहीं, उसे उसकी जरूरतों के लिए जानवर की तरह खूंटे से बांधकर यातना नहीं देता। बच्चा पाने की चाहत को वो समाज के अन्य वर्गों के द्वारा ठुकराए या छूट गए बच्चों के माध्यम से पूरा करवा देने का माहौल बनाता। पर समाज खुद भी और घर के स्तर पर माँ–बाप के जरिए भी स्त्री की गरिमा पर चोट नहीं करता–और उसे बच्चा न जनने के नाम पर बलिवेदी पर नहीं चढ़ाता।

इस उपन्यास में बाँझ नायिका की यात्रा के महत्वपूर्ण पड़ावों की थाह ली गई है। और प्रयास किया गया है कि इस सामाजिक कुरीति को जनमानस के मस्तिष्क से सदा के लिए कुरेद कर निकाल दिया जाए।

**–प्रीति कुमारी**

# दो शब्द

प्रीति के लेखन में सामाजिक विसंगतियों के प्रति एक चुभन और आक्रोश साफ उभरता है। वे महिला सरोकारों से आमना-सामना करते हुए खलनायक के खिलाफ मोर्चा खोल देती हैं। उनकी अभिव्यक्ति में एक तरलता है जो द्रवित करती है। इस दौर की गमलों में उगी तथाकथित समस्याओं की जगह वे विशाल खेत के मैदानों, चरागाहों और सुदूर अंचलों से चुग-बीन कर ऐसे कड़वे बीज लाती हैं जिन्हें पचा पाना आसान नहीं है। पर एक समाज के स्वस्थ हाजमे के लिए उनका लेखन बहुत गुणकारी है, इसमें कोई दो राय नहीं है।

**ललिता यादव**
वरिष्ठ रचनाकार एवं शिक्षाकर्मी

# विषय–सूची

# खंड – 1

# बीता कल

**बचपन** – आज भी आँखों में एक खुशी भरी चमक और होठों पर मुस्कान बिखेर देता है। हम तीन भाई–बहनों की अनोखी ही तिगड़ी थी। मेरा बड़ा भाई – हमारी तिगड़ी का मुखिया – सारी शरारतें उसके दिमाग की ही उपज होती, फिर मैं मंझली – हर काम में मंझली ही रही, आधी भाई के साथ और आधी छुटकी लाडो के साथ –मेरी छोटी लाडली बहन–सबकी मिठाई। पूरे गाँव में हमारी उधम के किस्से मशहूर थे और सबको पता था कि इस तिगड़ी का कोई मुकाबला नहीं। चाहे मुंशी जी की टोपी गिराने की शर्त हो या पड़ोस की मौसी की गाय का दूध गटकने की साजिश हो। मेरा भाई दादागिरी में अव्वल और छुटकी अपनी मोटी–मोटी आँखें मटकाकर जुबान में चाशनी घोलते हुए दिल जीतकर काम निकालने में मास्टर थी। मैं मंझली तो दोनों का बस साथ ही दे पाती। पर मैं फिर भी इन दोनों के साथ खुश थी। मेरे पिताजी एक मामूली–से किसान थे और मुश्किल से घर का गुजारा होता था। हमारी तिगड़ी ने ही उनके घर की असली दौलत थी,घर की रौनक को हमने बचा रखा था।

बचपन बीता और बड़े होते–होते जिन्दगी का रुख बदलने लगा। पिताजी चाहे पैसे से गरीब थे पर सपनों से थे बहुत अमीर। बचपन में जब भाई को चीजों की मरम्मत करते देखते तो हमेशा कहते – ये तो मेरा इंजीनियर बेटा है, ये बड़ा होकर इंजीनियर ही बनेगा। एक दिन उन्होंने छुटकी को जब गाँव के डॉक्टर बाबा से मांगी हुई पुरानी दवाइयों और टूटे हुए थर्मामीटर से खेलते देखा तो हंसकर कहने लगे – लो छुटकी तो बनेगी डॉक्टर, ये पक्का हो गया। फिर मुझे प्यार से देखते हुए बोले – तू भी कुछ सोच ले मंझली, तू क्या करेगी, अब तू भी बड़ी हो रही है!

पिताजी ने अपने सपने को पूरा करने में जी–जान लगा दी। जैसे–तैसे इंतजाम करके भाई को पढ़ने के लिए पटना भेजा ताकि वो इंजीनियर बन जाए। भाई को पढ़ाने में बहुत खर्च हुआ पर उन्होंने इसकी परवाह नहीं की। पटना में भाई 5–6 साल तक इंजीनियरिंग की तैयारी करता रहा पर किस्मत ने उसका साथ नहीं दिया, वहां कुछ नहीं हो पाया। पर भाई ने हिम्मत

नहीं हारी। वो वहां से दिल्ली गया अपने दोस्त के साथ, सोचा दिल्ली में कुछ जॉब करके रह लेगा क्योंकि गाँव वापिस आ नहीं सकता था, गाँव वालों के ताने तो जीने न देते। दिल्ली में ही वकालत की पढ़ाई करके वहीं जॉब करने लगा। छुटकी के डॉक्टर बनने का सपना पूरा करने के लिए पापा ने किसी तरह इंतजाम करके उसे मेडिकल की तैयारी के लिए दिल्ली भेज दिया ताकि भाई के साथ रहकर मेडिकल की तैयारी कर ले।

मैं पढ़ने में शुरू से ही कुछ खास नहीं थी और न ही मेरा पढ़ाई में ज्यादा मन लगता था। मेरी पढ़ाई गाँव के स्कूल में हुई। फिर वहां से कुछ ही दूरी पर कॉलेज था। वहां मैं पढ़ने के लिए जाने लगी। कॉलेज से बस बी.ए. की पढ़ाई की। पर मैं खुश थी कि मेरे भाई बहन अपने–अपने और मेरे पिताजी के सपने पूरे करने में लगे हैं। भाई इंजीनियर न बन पाया पर अपने पैरों पर खड़ा था, पिताजी और मुझे इसी से तसल्ली थी।

***जिन्दगी में कुछ खास नहीं कर रही, इसका गम नहीं***
***मैं खड़ी हूँ अकेली फिर भी अँखियाँ नम नहीं***
***मेरे बाबा की आँखों में भी तारे चमकेंगे इक दिन***
***भैया और छुटकी पर टिकी आस, है खुशी, गम नहीं!!***

# नए सपने

कुछ साल बाद मेरी पढ़ाई तो पूरी हो गई, पर अब तक मैं पढ़ाई की अहमियत को समझ चुकी थी। मैं भी अपने भाई–बहन की तरह आगे पढ़कर अपने पैरों पर खड़ा होना चाहती थी।

पर ये समाज जीने कहाँ देता है!

छुटकी तो ठीक समय पर निकल गई– समाज और रिश्तेदारों के तानों के बाणों से बच गई। पर मैं और मेरे घर वाले उनके तानों से बच न सके। रिश्तेदारों का शिकंजा कसने लगा। वे मेरे घरवालों को मेरी शादी के लिए बार–बार कहने लगे, उलाहने देने लगे जैसे मैं पता नहीं जवान होने से पहले ही बूढ़ी हो चली हूँ।

पिताजी को बोलते – बहुत पढ़ा लिखा लिया लड़की को, यूं ही बिठाए रखोगे क्या, उम्र निकल गई तो कोई पूछेगा तक नहीं, अब जल्दी–से–जल्दी इसके हाथ पीले कर दो।

कभी बुआ तो कभी मामी तो कभी कोई और, रिश्ते ले–लेकर आने लगे। पापा का अभी मन तो नहीं था पर सबकी बातों का असर उनपर भी हो ही गया और उन्हें भी लगने लगा कि अब मेरी शादी कर देनी चाहिए। उधर भाई ने भी दिल्ली में अपने साथ रहने वाली लड़की से शादी कर ली थी, लव–मैरिज। मेरी भाभी अनीता सुंदर, पढ़ी–लिखी और अच्छी थी, भाई के साथ खूब फबती थी। छोटी बहन भी भाई के साथ ही रहने लगी थी। छोटी बहन आकाश में मेडिकल की पढ़ाई के लिए कोचिंग कर रही थी। पापा को वहां भी पैसा भेजना होता था। घर के हालात ज्यादा अच्छे नहीं थे, बस किसी तरह घर चल रहा था। फिर पापा मेरी आगे की पढ़ाई कैसे झेल पाते! यही सोचकर मैंने चुप्पी साध ली और घर वालों की मर्जी के आगे सिर झुका दिया।

एक दिन बुआ घर आई एक रिश्ते के बारे में बात करने के लिए।

बुआ ने बताया – लड़का इंजीनियर है, जॉब करता है। अच्छी –खासी सैलरी भी है। अकेला भाई है, दो बहनें हैं, दोनों की शादी हो गई है। लड़का बहुत पैसे वाला है। शहर जाकर ससुराल में पूनम राज करेगी।

बुआ ने अपने फोन में सबको उसकी फोटो दिखाई। लड़के को देखकर सबकी बांछें खिल गईं।

पापा खुश होकर बोले – वाह! क्या गबरू जवान है! ये तो मेरे बेटे को भी मात दे रहा है। मेरा भाई काफी अच्छी डील–डौल वाला लंबा ऊंचा दिखता है और रंग भी थोड़ा खिला हुआ है। मेरी माँ तो उसे हीरो कहती ही थी।

बुआ ने चुपके से मोबाइल मेरे हाथ में थमा दिया। लड़के को देखकर एक बार तो मेरी आँखें भी चमक उठीं। हर लड़की की तरह मेरी आँखों के आगे भी नए सपने तैरने लगे – बेहद प्यार करने वाला पति, सुंदर बड़ा घर और वो भी शहर में, आंगन में खेलते प्यारे–से दो बच्चे।

***क्या हसीं है जिंदगी जब तेरा साथ हो***
***हों कहीं भी तुम बस अब मेरे पास रहो,***
***न जाने कब मिलेंगे जमीन पे सितारे हमारे***
***तब तलक मेरी पलकों में, हसीं ख्वाब बनकर रहो !!***

# सिलसिला शुरू

**माँ** की आवाज कानों में पड़ी और मैं अपने सपनों की दुनिया से निकलकर हकीकत की दुनिया में वापस आ गई।

मैंने माँ को सीमा बुआ के कंधे पर हाथ रखते हुए खुशी से कहते सुना – भगवान ने मेरी सुन ली! मैं पूनम के लिए हमेशा से कुछ ऐसा ही चाहती थी और घर बैठे भगवान मेरी मुराद पूरी कर रहे हैं। वो कब कैसे क्या दे दें, कुछ पता नहीं! अगर लड़का और घर अच्छे मिल रहे हैं तो देर किस बात की! हमें बिल्कुल मंजूर है। सीमा, तुम जल्दी–से–जल्दी बात करो, लड़के के घरवालों से।

बुआ बोली – हाँ हाँ, क्यों नहीं। बस आप पूनम की एक अच्छी–सी फोटो मेरे मोबाइल पर भेज दो। वैसे फोटो ही दे दो तो बेहतर रहेगा, मोबाइल पर कभी–कभार चेहरा ठीक से समझ नहीं आता। मैं कल ही जाकर रिश्ते की बात करती हूँ। वैसे मैंने लड़केवालों से बात कर ली थी पूनम के बारे में। उन्होंने कहा कि वो पटना में हैं, कल तक आ जाएंगे।

लड़के का नाम माधव है – बुआ शरारत भरी नजर से मुझे देखते हुए आँखें मटकाकर बोली।

पापा – वो सब तो ठीक है पर इस सबमें सबसे जरूरी बात करना न भूल जाना सीमा, तुम दहेज के बारे में जरूर पूछ लेना।

बुआ – हाँ हाँ भैया! आप बिलकुल टेंशन मत लो, मैं सारी बातें कर लूंगी। फोटो तो मैं पूनम की ले जा ही रही हूँ। (मुझे प्यार से गले लगाते हुए बुआ बोली) अगर हमारी पूनम उन्हें पसंद आई तो इसे देखने की डेट साथ ही ले लूंगी।

पापा – हाँ सीमा, ठीक है, जैसा तुम बेहतर समझो।

बुआ– भैया, कल का दिन शुभ है। भगवान का नाम लेकर मैं तो कल यहाँ से सीधे माधव के घर ही चली जाउंगी।

तभी भाई का दिल्ली से फोन आ गया। बुआ और पापा ने जब लड़के के बारे में बताया तो भाई बोला – ठीक है बुआ, कल जाकर सारी बात कर लेना। फिर जैसा होगा आगे देखेंगे।

बुआ से बात तो हो गई पर मुझे पता था कि माँ और पापा पूरी रात करवटें बदलते रहेंगे। माँ को टेंशन रहेगी कि मैं लड़के

वालों को पसंद आउंगी या नहीं! और बाउजी इस वजह से सो नहीं पाएंगे कि पता नहीं दहेज कितना मांगेंगे वो लोग, कैसे सब इंतजाम होगा!

और वही हुआ जिसका मुझे अंदेशा था। दोनों बोल कुछ नहीं रहे थे पर दोनों की आँखें सूजी हुई थीं।

***क्यों रुसवा है जिंदगी मासूम सपनों से***<br>
***क्यों परेशां है दिल अपनों से,***<br>
***क्यों इस रात की सुबह नहीं निकलती***<br>
***क्यों इस बेबसी में कोई राह नहीं सूझती !!***

# सपने की कीमत

**अगले** दिन की सुबह दिखने में रोज जैसी थी पर हम तीनों के चेहरों पर साफ दिख रहा था कि भीतर कितना उफान था!

उम्मीद का उफान, डर का तूफान!

हम सबको बस बुआ के जाने और खबर लाने का इंतजार था।

बुआ सुबह खाना खाने के बाद माधव के घर गई।

पापा भी खेत की ओर चले गए– फसल जो कट रही थी खेत में।

पर मेरा और माँ का दिन कटना मुश्किल हो रहा था।

शाम को जब बुआ घर आई तो उन्होंने पापा और माँ को सारी बातें बताईं कि कौन–कौन उनके घर में था, क्या–क्या खिलाया पिलाया, कैसे आव–भगत की, माधव देखने में कैसा था, उन्हें पूनम कैसी लगी–सब कुछ !

माँ के सब्र का बाँध टूट गया और उन्होंने बुआ से पूछ ही लिया – सुमन, ये तो सब ठीक है पर ये तो बता कि लड़के के माँ–बाप ने दहेज कितना माँगा है?

बुआ– क्या बताऊँ भाभी! उन्होंने सात लाख रूपए दहेज की मांग की है, उसके अलावा आप जो भी और सामान दोगे वो अलग। हाँ, एक बाइक भी बोली है उन लोगों ने।

माँ – अरे! सात लाख! ये तो बहुत ज्यादा है हम लोगों के लिए। ऊपर से शादी का इतना खर्च, सामान, जेवर, रिश्तेदारों का लेना–देना, खाना–पीना, और फिर ऊपर से बाइक भी।

कहाँ से करेंगे इतना?

पापा तो ये सब सुनकर 'धम्म' से बैठ ही गए।

मुंह में ही बड़बड़ाने लगे – कैसे होगा इतना सब, कहाँ से लाऊंगा इतने पैसे, इतना इंतजाम कहाँ से करूंगा! पर जैसे ही उन्होंने मुझे दरवाजे के पीछे छुपे हुए सब सुनते देखा तो अपने आपको सँभालते हुए कहने लगे – कोई बात नहीं, सब हो जाएगा, तुम सब चिंता मत करो, लड़का तो अच्छा है, कुछ–न– कुछ तो कर ही लूंगा।

मुझे पता था कि पापा ऐसा क्यों बोल रहे हैं! वो जरूर सोच रहे थे कि मैं यह न सोचूँ कि भाई और छोटी की पढ़ाई के लिए

तो इतना खर्च कर दिया,और जब मेरी बारी आई तो सांप सूँघ गया। इससे पहले कि मैं पापा से कुछ कह पाती, माँ, पापा के पास आकर खड़ी हो गई। माँ के माथे पर चिंता की लकीरें साफ झलक रही थीं।

पापा से बोली – क्या कह रहे हो जी! इतना कहाँ से होगा?

पापा ने तुरंत माँ को आँखों से मेरी उपस्थिति का अहसास कराते हुए चुप रहने का इशारा किया।

पर मैं चुप न रह सकी।

दरवाजे से निकलकर मैं सामने आई और बोली – कोई जरूरत नहीं है मेरे लिए इतना सब करने की। भाई और छुटकी के लिए पहले ही बहुत कुछ कर चुके हो,आप लोग। अब खुद को बेच भी दोगे तो भी इतना इंतजाम करना मुश्किल है, क्या घर–बार बेच दोगे? सड़क पर आना चाहते हो क्या?

मुझे चुप कराते हुए मुझे गले लगाकर पापा ने कहा – तू चिंता क्यों करती है मेरी बच्ची, कर्ज ले लेंगे, उधार ले लेंगे, कुछ तो कर ही लेंगे।

मैं भड़ककर बोली – सारी जिंदगी कोशिश करके भी कर्जा पूरा नहीं कर पाओगे पापा। क्यों अपनी जिंदगी मुसीबत में डालना चाहते हो?

यह कहकर मैं अपने कमरे में भाग गई और दरवाजा बंद कर लिया।

***आँखों से बहते आंसू कह रहे थे –***
***छूना है आसमां पर धरती ही निगल रही है,***
***दिल की सारी उमंगें हाथों से फिसल रही हैं!***
***दिल में जगी उम्मीद पर क्यों अपनों की कब्र बने,***
***ऐ जिंदगी, बता तू ही ये पतंग अब बिन डोर कैसे उड़े !!***

# बसना या उजड़ना

**मैं** अपने कमरे में एक तरह से बंद थी पर बुआ की तीखी आवाज कमरे के दरवाजे को चीरकर मेरे कानों को बींध रही थी। पर समझ नहीं आ रहा था कि वो क्या कह रही हैं!

जब और न सहा गया तो मैं दरवाजा हल्का–सा खोलकर भीतर आ गई।

बुआ – अरे भाई–भाभी! जवान लड़की को घर में बिठा कर रखना है क्या जीवन भर? ये रिश्ता हाथ से निकल गया तो अगला न जाने कैसा मिलेगा! कब मिलेगा, क्या पता! सुंदर जवान लड़का है, पटना में रहता है, अच्छा कमाता है, किस सोच में पड़े हो? बहुत पैसे वाले लोग हैं, राज करेगी हमारी पूनम। पैसों का इंतजाम कर लो किसी तरह, फिर ऐसा रिश्ता नहीं मिलनेवाला जल्दी से, मैं कहे देती हूँ!

माँ ने कुछ कहना चाहा तो बुआ ने तुरंत आँखें दिखा दीं। फिर लड़केवालों की तारीफों के पुल बाँधकर पापा पर जोर डालने लगी।

पापा चुपचाप सब सुन रहे थे। बुआ जब चुप हुई तो पापा ने काफी देर तक कुछ न कहा। कमरे में सन्नाटा छा गया। बुआ कभी माँ का तो कभी पिताजी का मुंह ताक रही थी।

काफी देर बाद पिताजी ने चुप्पी तोड़ी। उन्होंने माँ से सबके लिए शरबत बनाने के लिए कहा। माँ शरबत बनाने जाने लगी तो मैंने उन्हें इशारा किया कि मैं बनाकर लाती हूँ।

पापा ने अपने सिर पर हाथ फेरते हुए कहा – तुम कह तो ठीक रही हो सीमा। ऐसे रिश्ते बार–बार नहीं मिलते। फिर मैंने बाकी दोनों बच्चों को आगे बढ़ाने में कोई असर नहीं छोड़ी तो अब पूनम की बार पीछे क्यों पीछे हटूं! मैं एक बार दिल्ली राकेश से बात कर लेता हूँ। थोड़ा–बहुत तो वो कर ही देगा, बाकी मैं देख लूँगा। तुम लड़केवालों से हमारी तरफ से हाँ कह दो।

यह सुनकर बुआ की बांछें खिल गईं। खुशी के मारे उन्होंने माँ को गले से लगा लिया। माँ खुश भी थी पर चिंता भी उनके चेहरे पर झलकने लगी थी।

पापा ने दिल्ली भाई को फोन लगाया और लड़केवालों के बारे में सब बताकर दहेज को लेकर भी उससे बात की।

भाई बोला – पापा, आपकी मदद करना तो चाहता हूँ, पर क्या करूं, मेरे पास पैसे तो नहीं हैं इस समय। मैंने अभी–अभी घर खरीदा है, उसका लोन भर रहा हूँ जो काफी ज्यादा है। उधर से रानी की पढ़ाई का भी खर्च देना पड़ता है। अभी तो हाथ बहुत टाइट है, मुश्किल से ही घर का गुजारा चला पाता हूँ, जेब बिलकुल खाली है।

फिर कुछ रूककर उसने कहा – आप ऐसा क्यों नहीं करते कि अपने खेत बेचकर शादी कर दो या उनको गिरवी रख दो। वो कब काम आएंगे! पूनम की शादी के बाद आप और माँ ही तो होओगे, धीरे–धीरे कर्जा उतार देना या किसी के यहाँ काम कर लेना। घर तो चल ही जाएगा। इतनी टेंशन लेने की क्या जरूरत है, जब सब कुछ अच्छा मिल रहा है। मैं तो यही सलाह दूंगा कि और देर मत करो। लड़केवालों को बुलाकर पूनम को दिखा दो। अगर पूनम पसंद आ जाती है उन लोगों को, तो आप जल्दी शादी की डेट ले लेना, देर मत करना। अच्छे रिश्ते बार–बार हाथ नहीं लगते। वैसे भी बुआजी को सब कुछ पता ही है लड़केवालों के बारे में।

भाई की बातें सुनकर पापा के चेहरे की हवाइयां उड़ गईं। मैं शरबत लिए वहीं खड़ी थी। उनके चेहरे का रंग बदलता देखकर उनके बिना कुछ कहे मैं समझ गई कि भाई ने मदद के नाम पर टका–सा जवाब दे दिया है।

पापा बस इतना कह पाए – ठीक है बेटा। पूनम को देखने की डेट ले लेता हूँ लड़केवालों से। बाकी सब भी देख लूंगा।

मेरी आँखों से आंसू ऐसे उमड़ रहे थे जैसे नदिया में आया कोई तूफान जो बांध तोड़कर सब तहस–नहस करने को उतारू हो। मैंने जल्दी–से शरबत के गिलास वहां पटके और अपने कमरे में भाग गई।

मेरा रोना छूट गया।

कितनी बेबस थी मैं।

एक तरफ मेरी शादी और दूसरी ओर पापा की बर्बादी।

मुझे पता था कि मेरी शादी करने के लिए पापा का एक–एक दाना बिक जाएगा, और मुझे ये भी पता था कि अगर मैं लड़केवालों को पसंद आ गई तो चाहे कुछ भी हो जाए, पापा शादी करने के लिए अपनी जान पर भी खेल जाएंगे।

अब मुझे अपने भाई पर बहुत गुस्सा आने लगा।

मेरी आँखों के आगे वो दिन घूमने लगे जब पापा ने भाई की पढ़ाई के लिए दिन–रात एक कर दिया था! सुबह बाकी लोगों के खेतों में भी काम करते और देर शाम तक अपने खेतों की देखभाल करते। इस दौरान, उन्होंने कभी अपनी सेहत की परवाह नहीं की, घर में एक टाइम का खाना भी न हो पाए, चाहे प्याज के साथ सूखी रोटी खानी पड़ी पर भाई को पता तक न लगने दिया और बराबर पैसे भेजते रहे कि भाई अपने पैरों पर खड़ा हो जाए, जीवन में कुछ बन जाए।वो इंजीनियर नहीं बन पाया।उन्हें धक्का तो बहुत लगा पर वो टूटे नहीं, हिम्मत नहीं हारी। उसे भी टूटने न दिया। और अधिक कड़ी मेहनत की और उसे पैसे भेजते रहे।

अब जब वो बड़ा बाबू बन गया है तो क्या पापा की कुर्बानियां भूल गया?

वो आज जो भी है, केवल पापा की बदौलत है, क्या। उसे इसका इतना भी अहसास नहीं?

मन तो कर रहा था कि भाई के गाल पर दो तमाचे लगाऊं और यह सब उसे याद दिलाऊं। पर मुझे अन्दर से पता था कि कोई फायदा नहीं।

शहर के पथरीले घरों में रहकर उसका दिल भी पत्थर का हो चुका था।

***जिसे समझा था कभी अपना, वो कैसा बेगाना निकला***
***खून से जो सींचा खेत हरदम, वो कैसा बंजर निकला!***
***ब्याज की कौन कहे, असल भी कहाँ अपना निकला***
***दिन –रात एक कर पाला जिसे, उसका यह क्या सिला निकला !!***

# मिली–जुली तैयारी

**सभी** खुश थे।

अगले दिन सभी तड़के उठ गए। हर तरफ चहल–पहल, खुशी का माहौल। माँ और बुआ के हाथों रसोई में बनते पकवानों की महक पूरे आँगन में फैल रही थी। पापा बाजार से मिठाई और जरूरत का सामान लेने चले गए। मैंने सारे घर की सफाई कर घर ऐसे सजा और चमका दिया जैसे कल दीवाली ही हो।

पापा ने चाचा और चचेरे भाई को भी बोल दिया था – पूनम को देखने के लिए लड़के वाले आ रहे हैं, आप लोग भी आ जाना।

बुआ को जब पता चला कि पापा ने चाचा और चचेरे भाई को भी बुलाया है तो वो गुस्से से तिलमिलाने लगी और माँ को बोली – क्या जरूरत है इतने लोगों को बुलाने की, चाचा के साथ चाची और उनके बच्चे भी आएंगे ही। आजकल कौन चाहता है किसी का भला हो या लड़की को अच्छा घर मिल जाए! अगर किसी ने लड़केवालों को कुछ बोल दिया, उन्होंने रिश्ता तोड़ दिया तो क्या होगा!

माँ ने बुआ के हाथ में पानी का गिलास थमाते हुए कहा – अब गुस्सा छोड़ो, तुम्हारे भैया का तुम्हें तो पता ही है, कुछ करने से पहले आज तक उन्होंने कभी किसी से सलाह ली है क्या जो अब लेंगे! अब लोगों को बोल ही दिया तो हम क्या कर सकते हैं। मैं उन्हें क्या बोलूँ, मेरी बात तो सुनते ही कहाँ हैं, पूनम के पापा!

पापा जब सारा सामान लेकर आए तो थोड़ी देर बाद ही चाची और उनकी बेटी भी आ गईं। उनके आते ही बुआ ने बेमन से ही सही, पर उनको भी काम पकड़ा दिए।

माँ ने मुझसे कहा – पूनम, बहुत हो गई सफाई, अब नहा–धो कर अच्छे–से तैयार हो जाओ, लड़केवालों के लिए चाय–नाश्ता तुम्हें ही लेकर जाना है।

बुआ (चुटकी लेते हुए) – पूनम ऐसी तैयार होना कि माधव का मुंह खुला–का–खुला रह जाए!

मैं शर्माकर अपने कमरे में भाग गई।

कुछ देर में पापा ने हड़बड़ाए हुए दरवाजा खोला और बोले

– माधव और उसके माँ–पिताजी आ गए हैं। सीमा, जल्दी बाहर आ।

बुआ और पिताजी ने बाहर जाकर उन लोगों का स्वागत करके उन्हें बैठक में बिठाया और उन्हें शरबत परोसा गया। पापा ने जिन लोगों को बुलाया था,वे सब भी वहां आ गए।

***जिस पल का था इन्तजार, वो आ ही गया***
***मुझे अपना बनाने मन मीत आ ही गया !***
***हसरतों की दुल्हन का पिया अब आ ही गया***
***दिल ने पुकारा था जिसे वो महबूब आ ही गया !!***

# हुआ फाइनल

**नाश्ते** के साथ–साथ सभी लोगों की बातचीत चल रही थी। तब तक मैं भी नहा–धोकर, सज–संवरकर तैयार थी।

तभी बुआ मेरे पास आई और मुझे ऊपर से नीचे देखते हुए बोली – ब्लू रंग की साड़ी में जंच रही हो पूनम। पांच मिनट बाद चाय लेकर मेहमानों के पास आ जाना।

बुआ (गौर से देखते हुए)– मेकअप अच्छा लग रहा है। एक मिनट रुक।

फिर दराज में से एक छोटी–सी बिंदी निकालकर मेरे माथे पर लगाते हुए बोली – बस यही कमी थी, अब परफेक्ट लग रही है।

कुछ ही देर में बुआ के कहे मुताबिक, मैं माधव और उसके माता–पिता के पास चाय लेकर गई।

मेरा दिल जोरों से धड़क रहा था।

ऐसा लग रहा था कि जान हलक में आ गई है।

पर मैंने खुद को संभाला और मुस्कुराते हुए सभी लोगों को चाय पकड़ा दी।

माधव की माँ मुझे घूर–घूरकर देखकर रही थी।

जब मैंने सबको चाय दे दी तो वो बोली – मेरे पास आकर बैठो।

मैं माधव की माँ के पास बैठ गई।

उसका सबसे पहला सवाल मुझे बड़ा अजीब लगा, उन्होंने मेरे बैठते ही मुझसे पूछा – तुम क्या–क्या बनाना जानती हो?

मेरे कुछ बोलने से पहले ही बुआ तपाक से बोली – पूनम के हाथ का खाना खाकर उँगलियाँ चाटते रह जाओगे, सच कह रही हूँ। अलग–अलग तरह के पकवान बनाना, सिलाई–कढ़ाई, घर की साज–सज्जा, रख–रखाव, सबकी सेवा करना, बोलते–बोलते शाम हो जाएगी, गुणों की खान है हमारी पूनम।

सुनकर माधव की माँ खुश हो गई। माधव भी तिरछी नजरों से चुपके–चुपके मुझे ताक रहा था।

फिर माधव के पापा ने कहा – ये सब तो बढ़िया है, अब बेटी अपनी पढ़ाई के बारे में भी बताओ।

मैंने बताया – अभी इस साल बी.ए. फाइनल हुई है। आगे

एम.ए. (मास्टर) करने का सोच रही हूँ।

माधव के पापा ने कहा – अच्छी बात है।

फिर सब आपस में बातचीत करने लगे और खाना खाने लगे। मैं अंदर चली आई और माँ के साथ खाना परोसने में मदद करने लगी।

अंदर आने के बाद माँ और चाची की बेटी पूछने लगे – लड़के के माँ–पिता ने क्या–क्या पूछा? माधव कैसा लगा?

मैंने सारी बातें बताईं और शर्माते हुए बताया कि मुझे भी माधव अच्छा लगा।

चाची की बेटी मुझे हँसते हुए छेड़ने लगी तो माँ ने डांटकर चुप करा दिया – बस कर अब, काम की बात करने दे।

माँ ने गहरी सांस लेते हुए कहा – लग तो रहा है ये लोग बहुत अच्छे हैं। यह रिश्ता नहीं जाना चाहिए हाथ से। देखो तो, माधव के पापा–माँ कितने सीधे लग रहे हैं!

खाने–पीने के थोड़ी देर बाद फिर चाय–पान–सुपारी का दौर शुरू हुआ। देखते–देखते शाम के पांच बज गए।

जाने से पहले उन लोगों ने बुआ को बोला – जरा पूनम को बुला देना।

बुआ जल्दी से अंदर आई और मुझे बोली – जल्दी चलो, माधव के माँ–पिता तुम्हें बुला रहे हैं।

थोड़ा घबराते हुए मैं सोच रही थी – पता नहीं क्यों बुला रहे हैं!

डर के मारे जान निकल रही थी।

जैसे ही मैं माधव की माँ के पास पहुंची।

उन्होंने मुझे माधव के साथ वाली कुर्सी पर बैठाया और माधव से बोली – क्यों माधव, पसंद है पूनम?

माधव ने मेरी ओर देखा और कुछ शर्माते हुए सिर हिला दिया।

माधव की माँ ने तुरंत मेरे हाथ में 5,000 रु. रखे और बोली – अब पूनम तो हमारी हुई, हम सबको यह बहुत पसंद आई है।

अब आप लोग भी घर आओ और शादी की तारीख तय कर लेंगे, आपस में बैठकर।

यह कहकर माधव की माँ ने मेरे सिर को प्यार से चूम लिया। मैंने माधव की माँ और पिताजी,दोनों के पैर छुए। उन्होंने मुझे

खूब आशीर्वाद दिए।

वे लोग जाने लगे तो सभी बाहर तक छोड़ने आए।

फिर कुछ दिन तक ऐसे ही बुआ का आना–जाना लगा रहा और सात लाख रु. के लेन–देन पर हमारा रिश्ता फाइनल हो गया।

माधव के घर वालों ने बुआ से कहा – और लड़की को 70,000 रु. के लगभग हम लोग जेवर दे देंगे। आप लोग सामान जो भी देना चाहें, वह अलग से दे सकते हैं।

***मन का मोल लगाए कौन !***
***दुनिया तो बजाए स्वार्थ का ढोल***
***पर मासूम तो खोजे रिश्ता अनमोल***
***असल आईना जग को दिखाए कौन !!***

# चिंता बनाम खुशियाँ

**अब** पापा के सामने सबसे बड़ी चिंता थी– दहेज के लिए धन का इंतजाम करना और शादी का पूरा खर्च अलग से।

पापा और सब लोगों ने बैठकर सारा खर्चा जोड़ा।

शादी का सारा खर्चा, सामान और दहेज को मिलाकर कुल पंद्रह लाख रुपए का खर्चा बैठा।

खर्चा जोड़–जाड़कर पापा ने दिल्ली भाई को फोन करके शादी के सारे खर्चे की बात की।

कुछ देर सोचकर भैया ने पापा को जवाब दिया – मैं तो तीन –चार लाख रु. ही दे सकता हूँ इस वक्त। बाकी का आप खुद देख लीजिए।

पापा ने कहा – ठीक है बेटा, जितना तुमसे हो सके करना, बाकी का मैं देख लूंगा।पर तुम अगले महीने जल्दी–से–जल्दी रानी (मेरी छोटी बहन), और बच्चों को लेकर आ जाना। बहुत तैयारी करनी है। शादी के घर में पता है न कितने काम होते हैं!

भैया – हाँ पापा आएंगे ही, आपको कहने की जरूरत है क्या? हमारी पूनम की शादी है। मेरे बेटे के स्कूल में मई में गर्मी की छुटियाँ हो जाएँगी, और रानी की कोचिंग में भी छुट्टी हो जाएगी। दस मई तक हम सब आ जाएंगे, तो जून में शादी की डेट ले लेना। और मैं कल अकाउंट में पैसे डलवा दूंगा।

पापा – ठीक है बेटा।

पापा फोन रखने के बाद चुपचाप बिस्तर पर बैठ गए, बहुत टेंशन में लग रहे थे। अंदर– ही– अंदर चिंता उन्हें खाए जा रही थी। उसी समय माँ कमरे में आई। पापा को गहरी सोच में

डूबा देखकर माँ पूछने लगी – आप इतनी टेंशन में क्यों हैं, सब ठीक तो है? बच्चे तो ठीक हैं?

पापा ने बोला – हाँ, हाँ, घबराओ नहीं, सब ठीक हैं।

माँ – तो आप किस चिंता में डूबे हैं?

पापा – अभी तेरे बेटे से बात हुई, पूनम की शादी के खर्चे को लेकर। वो तो तीन–चार लाख ही दे पाएगा। क्या करूं, शादी सिर पर खड़ी है। पैसे हैं नहीं, इतने सारे पैसों का इंतजाम कहाँ से करूं मैं?

माँ थोड़ी देर बाद सोचकर बोली – आप चिंता मत करो जी। पड़ोस के गाँव में जो जमीन रखी है हमारी, वो कब काम आएगी! मुझे पता है आपने वो हमारे बुढ़ापे के लिए रखी है पर उसके बारे में बाद में सोचेंगे। अभी तो जो सिर पर पड़ा है, उसे निपटाएं। कल जाकर जमीन गिरवी रखकर पैसे उठा लो आप। जब शादी हो जाएगी तब हम धीरे–धीरे चुका देंगे। समझ लो कि एक साथ इतना पैसा कोई नहीं देगा। जेवर की चिंता मत करो, मेरे पास जो जेवर हैं वो मैं पूनम को दे दूंगी। आप टेंशन मत लो, मैं अपने भाई राहुल से भी बात करती हूँ, कुछ मदद तो कर ही देगा वो भी, आखिर पूनम भांजी है उसकी।

माँ की बात सुनकर पापा को कुछ राहत मिली।

अगले दिन पापा पड़ोस के गाँव चले गए– जमीन को गिरवी रखकर पैसे लेने के लिए। माँ ने पैसों के लिए अपने भाई से भी बात की तो उसने तीन लाख देने का वादा कर दिया ।

माँ ने खुश होकर उसे खूब दुआएं दीं।

वो रो पड़ा और बोला – दीदी कैसी बातें करती हो, पूनम का ननिहाल है ये, मेरी सबसे प्यारी भांजी है वो, मुझे जान से भी ज्यादा प्यारी है, उसके लिए जितना हो सके, खुशी–खुशी

करूंगा। आप बिलकुल चिंता न करो। मैं कल ही पैसे जीजाजी के अकाउंट में भेजता हूँ।

माँ ने फोन रखकर पापा को फोन मिलाया और ये खबर सुनाई। ये खबर सुनकर पापा को थोड़ा चैन मिला।

जमीन गिरवी रखकर और भाई और मामा की मदद से पैसों का पूरा इंतजाम हो गया।

माधव के परिवार वालों को दहेज दे दिया गया और शादी की तारीख जून में तय हो गई।

इसके बाद शुरू हुई जोर–शोर से शादी की तैयारियां जिसका सिलसिला महीने भर तक चला।

भैया– भाभी, उनका बच्चा और मेरी छोटी बहन भी दिल्ली से आ गए। इस तरह पंद्रह जून को मुझे सबने धूमधाम से शादी करके विदा कर दिया।

***सोचा न था अचानक हो जाउंगी इतनी बड़ी***
***लाडो से बन जाउंगी किसी के घर की लाज***
***किताबों की जगह थमा दी जाएगी घर–गृहस्थी***
***माँ–बाप की जगह ले लेंगे सास–ससुर सम्बन्धी***
***दिल में कई उम्मीदें, कई सपने सँजोए***
***रखने हैं मुझे अब अपने कदम***
***एक नए घर एक नई दुनिया की ओर***
***जहाँ मिलेगा मुझे मेरा हमदम !!***

# खंड – 2

# ससुराल में प्रवेश

**एक** लड़की माता–पिता का घर छोड़कर जब ससुराल आती है तो एक प्यार–भरी नई दुनिया के सपने भी साथ लाती है।

बचपन में खेल–खेल में गुड्डे–गुड़ियों की शादी करते–करते हर लड़की का शादी का अपना एक अलग ही सपना तैयार होता जाता है। ऐसे ही कुछ सपने संजोए मैं माधव के घर यानी अपनी ससुराल आ गई।

माधव के परिवार में उसके मम्मी, पापा और दो बहनें थी। दोनों बहनों की शादी हो चुकी थी। एक का नाम था मधु और दूसरी का रूपा। सभी लोग मेरे साथ एक महीने तक रहे, फिर दोनों बहनें अपने–अपने ससुराल चली गईं। एक महीने में ही मुझे पता चल गया कि दोनों बहनें अपने नाम से बिलकुल उलट गुण रखती थीं। मधु की जुबान में कतई मधुरता नहीं थी और रूपा तो न रूप में सुंदर थी न व्यवहार में। पर मैंने इन विपरीत चरित्रों की ज्यादा परवाह नहीं की क्योंकि मैं तो अपने नए रिश्ते के नशे में डूबी हुई थी।

मैं एक अच्छी बहू की तरह सुबह जल्दी उठकर सारे काम खत्म करने के बाद नहा–धोकर पूजा कर लेती। उसके बाद ही अपने सास–ससुर और माधव को उठाती, चाय बनाती, नाश्ता तैयार करके खिलाती।

वो सब करती जो एक औरत की ससुराल में जिम्मेदारी होती है। मेरी कोई शिकायत न हो, मेरे माँ–बाप का नाम खराब न हो, इसका मैं पूरा खयाल रखती।

समय बीतता गया, कुछ दिनों तक तो सब बहुत अच्छा रहा। पर छह महीने बीतते–बीतते घर में रोज लड़ाई–झगड़े होने लगे। मेरा ससुराल के सपनों का महल टूटकर तितर–बितर हो गया। असलियत सामने आने लगी जो बहुत कड़वी और दुखदायी थी।

मेरी सास मुझे हर रोज सुबह चार बजे उठा देती। सिर्फ एक दिन लेट हो गई तो बोलने लगी – अभी जवान हो, नई–नई शादी हुई है, मोटी हो गई तो क्या मुंह दिखाऊँगी सहेलियों को, सुबह जल्दी उठकर घूमा करो, छह बजे तक सोई रहती हो। घूमने जाने की क्या बात थी, ये तो सिर्फ उठाकर काम में झोंकने का बहाना था। घर के काम से कुछ फुर्सत मिले तो ही तो

घूमने जाती!

सास मुझपर ताने मारने का एक भी मौका न छोड़ती। कभी चावल थोड़े–से भी ज्यादा बन जाते तो ससुर को आकर दिखाती और मुझे सुनाने के लिए जोर–जोर से बोलती – किचन में देखो जरा जाकर, कितनी बर्बादी मचाई हुई है, आजकल की बहुओं को पैसों की बिलकुल कद्र नहीं, देखो तो कितना बेहिसाब खाना बनाती है! ये तो घर को बर्बाद कर देगी।

कभी कहती – दाल इतनी थोड़ी बनाती है कि सबके मुंह तक न लगे! कोई कैसे खाए सूखी रोटियां!

दो तरह की सब्जी बन जाती तो लड़ाई।

मैं फँस गई ,न इधर की रही न उधर की।

***गुड्डे–गुड़िया की शादी का खेल,***
***एक खेल ही था बचपन का***
***खेल को हकीकत बनाने का था जो सपना***
***सोचा न था हकीकत उसकी भयावह होगी***
***बिसात अभी सजी भी न थी***
***औ' बाजी पलट गई !***

# अपने हुए पराए

**घर** के काम तो मैं कर लेती, ताने भी सुन लेती पर सबसे ज्यादा असहनीय था मेरे अपने माधव को मुझसे छीन लेना।

मेरी सास दिन–रात माधव के कान भरती रहती मेरे खिलाफ।

पत्थर पर रस्सी रगड़ते जाओ तो वो भी घिस जाता है।माधव तो फिर इंसान था।

माधव तो पहले से ही अपनी माँ का लाडला था। माँ की बातों का उसपर असर आने लगा। माधव मुझे छोटी–छोटी बातों पर भी बहुत गुस्सा करने लगे, कटे–कटे से रहने लगे। कितने दिन तक मेरी तरफ देखते ही नहीं, बात तक न करते। मुंह पलटकर सो जाते, मैं एक शब्द तक सुनने–कहने को तरसती रह जाती। रात–भर तकिया गीला कर देती पर माधव को पता तक न चलता।

माधव का बदलता रवैया देखकर मेरी सास को और शह मिलती चली गई। उसने सारी हदें पार कर दीं। मेरे कोई मिलने वाले आते मायके से, तो दूध तक छिपा देती कि कहीं मैं उन्हें चाय न पिला दूँ।

मुझे समझ नहीं आ रहा था कि ये सब क्या हो रहा है! मैं घर का सारा काम करती थी, इन लोगों की पूरी सेवा करती थी, मेरे पिता ने पूरा दहेज भी दे दिया था, फिर इन लोगों के पास भी किसी चीज की कोई कमी नहीं थी, फिर मेरे साथ ऐसा बर्ताव क्यों किया जा रहा था,यह मेरी समझ से बाहर था!

ऊपर से दोनों बहनें और साथ में दोनों के पति भी आकर दो–दो महीने बैठे रहते। मेरी सास का उनके प्रति उमड़ता प्रेम देखकर मुझे और अफसोस होता। मेरी सास ने साबित कर दिया था कि घर की बेटी–बेटी होती है, बहू को बेटी कभी नहीं बनाया जा सकता।

मैं सुबह चार बजे से रात के ग्यारह बजे तक सारा काम करती, फिर भी इन लोगों को चैन नहीं आता। धीरे–धीरे माधव मुझसे गाली–गलौज करने लगे और हाथ तक उठाने लगे। मैं अंदर–ही–अंदर बहुत रोती थी, पर अपना दर्द किसे बोलती!

माँ–पापा का जब फोन आता, मुझसे पूछते – सब ठीक है? तू खुश है? तो मैं बोल देती – हाँ मैं बहुत खुश हूँ। कैसे बताती

उन्हें! मैं जानती थी कि मेरी शादी करने के लिए पहले ही पापा के सिर पर कितना बोझ आ चुका है! मेरी बर्बादी की दास्ताँ सुनकर तो वे बिलकुल टूट ही जाते। मैं नहीं चाहती थी कि उन लोगों को मेरी तरफ से कोई और तकलीफ हो।

इसलिए मैं कुछ नहीं बोलती थी। अगर मुझे कोई मिलने आता तो मेरी सास मुझे उनसे अकेले में मिलने नहीं देती। उसे लगता था कि मैं कुछ शिकायत न कर दूँ उन्हें। थोड़ी देर बाद ही मुझे किसी बहाने से भीतर भेज देती। उसे ये भी लगता था कि ये जितनी देर बैठकर बात करेगी उतनी देर में तो कोई काम ही निबटा लेगी।

एक बार तो मेरी ननदों ने हद कर दी। जब मैंने खाना बना लिया, तो मेरी दोनों ननदें आईं और बोलीं – खाना बन गया है, बहुत गर्मी है, आप जाकर नहा लो, हम खाना खिला देंगे।

और मुझे नहाने भेज दिया। जब मैं नहाकर खाना खाने के लिए किचन में गई तो देखकर अवाक रह गई – सारा खाना खत्म हो चुका था। मैं कुछ न बोल पाई, बस अपनी सास का मुंह ताकती रह गई, तो वो तपाक से बोली – कोई नहीं, अब तो चार बज गए। शाम हो गई है, ऐसा करो चाय के साथ बिस्कुट खा लो। अब तो रात होने वाली है एक बार ही सब के लिए खाना बना लेना। अभी मत बनाओ कुछ भी। बस मैं भूखी रह गई। ऐसी चालाकी उन्होंने मेरे साथ कई बार अलग–अलग तरीके से की। मैं सब समझ रही थी पर कुछ कह नहीं सकती थी, कर नहीं सकती थी। जब अपना पति ही पराया हो जाए तो किससे क्या कहूँ और क्या शिकायत करूं!

***चाँद जलने लगा रात की दियासलाई से***
***सूरज घबरा गया बादलों की परछाई से!***
***ये दौर कैसा आया गैरों की बेहयाई से,***
***तकदीर फूट गई अपनों की बेवफाई से!!***

# जुल्मों की इंतहा

**जितना** मैंने सास नामक सम्बन्ध के बारे में सुना था, उससे मुझे लगता था कि सास सख्तजान भर होती हैं । पर वो अपनी बहुओं के लिए इंसानियत का चोला पूरा उतार कर एक तरफ रख देती हैं, ऐसा मैंने ख्वाब में भी नहीं सोचा था। मेरी माँ भी तो सास है, चाहे उनकी बहू दूर रहती है पर इतने सालों में मैंने माँ को भाभी के साथ ऊंची आवाज में बात करते हुए भी नहीं सुना, ताने मारना तो बहुत दूर की बात है। और यहाँ मेरी सास, मुझे बस घर का काम करने की एक घिसी –पिटी मशीन समझती है।

मेरी सास ने शर्म–लिहाज की सब हदें पार कर दी थीं।

यहाँ तक कि माहवारी के समय पैड भी यूज नहीं करने देती थी।

बोलती– इतने फटे–पुराने कपड़े हैं वो इस्तेमाल किया करो। पैड खरीदने के लिए पैसे नहीं दिए हैं तुम्हारे घर वालों ने।

मैं खून का घूँट पीकर रह जाती।

ऐसी गंदी–गंदी गाली देती कि कई बार मन करता कि यहाँ से कहीं भाग जाऊं।

कई दिनों तक भरपेट खाना न खाने की वजह से अंदर–अंदर कमजोरी जड़ पकड़ने लगी। धीरे–धीरे तबीयत ठीक नहीं रहती थी। चेहरा पीला पड़ने लगा था। जवानी में ही बुढ़ापे जैसी हालत हो रही थी। शरीर सूखकर काँटा होने लगा था। पर किसी को मेरी परवाह कहाँ थी! मेरी सास को तो घर का काम चाहिए था और माधव के लिए तो मैं जैसे थी ही नहीं कहीं !

जब काम करने में बहुत परेशानी होने लगी तो मैंने माधव के आगे हाथ–पैर जोड़कर, मिन्नतें करके किसी तरह एक बाई काम पर लगाई। घर में बाई को लेकर भी मेरी सास और ननदों को मुझसे लड़ने और गालियाँ देने का नया बहाना मिल गया। बाई से आधे काम करवा कर वो उसे भगा देती थीं।

माधव तो ऐसा हो गया था जैसे उसे मुझसे कोई मतलब ही नहीं रह गया था। मैंने उसे अमूमन हर वक्त फोन पर बात करते देखा तो मेरा माथा ठनका। जैसे ही पूछने की कोशिश की तो लड़ने लगा। मेरी पूछा–पाछी से वो इतना चिढ़ गया कि

मुझे और जलाने के लिए मेरे सामने ही खुलेआम पूरे दिन एक पराई लड़की से बात करता रहता। जब मैं मना करती तो और ज्यादा लड़ाई करता और खूब मारता। सास–ससुर को बताने की कोशिश की तो वे भी माधव की साइड लेकर ही बात करने लगे। कई बार यह हुआ–मैं बस आह भरकर रह गई।

***घुटने लगी मेरी साँसें***
***दम तोड़ने लगा वजूद***
***हाथ थामा था जो प्यार से***
***तोड़ रिश्ता जा बैठा सुदूर***
***तरस रही हूँ प्यार के लिए***
***बची जिंदगी अब इन्तजार के लिए !!***

# सबसे बड़ा लांछन

**एक** तो दिन–रात न खत्म होने वाले काम, दूसरी ओर सास और ननदों के ताने, साथ में माधव का बदला रवैया।

ऐसे माहौल में बच्चे के बारे में मैं सोचती भी तो कैसे!

पर अब इस कारण मुझ पर एक नया लांछन लगने लगा। मेरी सास अब मुझे बच्चा न होने का ताना देने लगी। मुझे हर घड़ी 'बाँझ' बोल–बोलकर कुछ –न –कुछ सुनाती रहती।

मेरे साथ अब तक मेरे ससुराल वालों ने जो भी गलत किया था, यहाँ तक माधव ने भी, मैं चुपचाप सब सहे जा रही थी। पर बिना मेरी स्थिति जाने मुझे 'बाँझ' कह–कहकर मेरा जीना हराम करना, यह बात अंदर– ही– अंदर मेरा दम घोंट रही थी।

मैं यह सह नहीं पा रही थी। मुझे समझ नहीं आ रहा था कि मैं क्या करूं!

एक दिन मैं घर में अकेली थी, सब लोग किसी स्थानीय रिश्तेदार के यहाँ गए थे। मैंने सबके जाते ही अपनी भाभी को फोन मिलाया। वो बहुत अच्छे से मुझे जानती–मानती हैं और मैं उससे खुलकर बात कर लेती हूँ। वो मेरी भाभी कम, मेरी सहेली ज्यादा है। उससे मैंने बाँझ वाली बात का जिक्र किया। मुझे पूरी उम्मीद थी कि वो जरूर कोई रास्ता बताएगी क्योंकि वो बहुत समझदार है और शहर में पली–बढ़ी है। मेरी बात सुनकर वो बोली – क्या करें पूनम, ये समाज ही ऐसा है। बच्चा होने में जरा–सी देर क्या हुई कि बाँझ होने के ताने शुरू। कोई बात नहीं, इसका इलाज है मेरे पास। अब जब भी तुम्हारे ससुराल वाले तुम्हें बाँझ बोलें तो उन्हें जोर देकर कहो कि मुझे डॉक्टर को दिखा दो। फिर देखते हैं कि इस बात को लेकर वो क्या बोलते हैं!

भाभी की बात सुनकर मुझे कुछ राहत मिली, उम्मीद की एक किरण नजर आई। रात को जब माधव घर आया तो किस्मत से उसका मूड अच्छा था और वो ठीक से बात कर रहा था। मैंने मौके का फायदा उठाते हुए कहा – आप मुझे डॉक्टर को दिखा दो ताकि मैं ये बाँझ वाले तानों से बच सकूँ, जो आपके घरवाले बार–बार मुझे देते हैं।

माधव बोला – ठीक है, मैं सुबह मम्मी–पापा से बात करता

हूँ। देखते हैं वो क्या बोलते हैं!

किसी तरह रात बीती। सुबह माधव ने अपने मम्मी–पापा से बात की।

ये सुनते ही मेरी सास आग–बबूला होकर गुस्से से उल्टा–पुल्टा बोलने लगी – तेरे घर वालों ने बस एक बोझ दे दिया है हमारे सिर पर, ऊपर से दहेज भी ठीक से नहीं दिया, कहीं और माधव का ब्याह करती तो मेरे बेटे को दहेज के साथ–साथ एक गाड़ी भी मिलती, तेरी बुआ ने तो हमें लूट लिया और ऊपर से एक बाँझ को हमारे पल्ले बाँध दिया। तेरे साथ–साथ जिनकी भी शादी हुई, सबके बच्चे हो गए। लेकिन पता नहीं कौन सी बीमारी है तुझे, घर वालों को सब पता था लेकिन तेरे घर वालों ने तो तुझे हमारे पल्ले बांधकर बोझ अपने ऊपर से खत्म कर लिया। अब मेम साहिब को डॉक्टर को दिखाना है। इसका खर्चा कौन देगा, तेरे माँ–बाप या तेरा भाई? बोल ना, बोलती क्यों बंद हो गई अब तेरी। करम जली, मेरे घर में नाश करने आई है। और पैर पटकते–पटकते वहां से चली गई।

माधव को बुरा तो लगा ये सब सुनकर पर वो भी वहां से चुपचाप खिसक गया। मेरे ससुर तो वैसे ही मेरी सास के रंग में रंगे थे, वो क्या ही बोलते!

वहां अकेले खड़े हुए मुझे लगने लगा – उस दिन शादी का जोड़ा नहीं पहना था बल्कि मैंने तो, मजबूरियों का कफन पहना था। मुझे कहाँ पता था कि उस जोड़े में हजारों ख्वाब दफन होने वाले हैं!

मेरी जिंदगी में अब इसी तरह रोज ताने सुन–सुनकर जीना रह गया था। घर वालों को कुछ भी बोल नहीं सकती थी, पति साथ देता नहीं। मैं अपने दिल का दुःख किसे सुनाती। मैं तो बस कभी आंसुओं का सैलाब बहाती, तो कभी खुद ही दिल को समझाती कि – चलो एक दिन सब ठीक हो जाएगा बच्चा हो जाने के बाद। पर मन पूछता –कि वो दिन आएगा कब!

***मेरी मांग तो भरी गई***
***कोख भरेगा कौन !***
***मेरी तो बोली लग गई***
***जीवन का मोल देगा कौन!***

# सुकून–असुकून

**जब** से माधव ने अपनी आँखों के सामने अपनी माँ का मेरे लिए इतना बुरा बर्ताव देखा था, वो मेरे लिए थोड़ा–सा पिघल गया था। इसलिए दो दिन बाद माधव ने अपनी माँ से बात की, उन्हें कुछ समझाया और मुझे डॉक्टर को दिखाने पटना ले गया। वहां पर डॉक्टर ने सारे टेस्ट करवाने को कहा और कुछ दवाइयां दीं।

डॉक्टर ने हमें हौसला देते हुए माधव से कहा – घबराने की जरूरत नहीं, इनका शरीर बहुत कमजोर है। टाइम से दवाई खिलाना और देखना कि ये खाना, फल आदि ठीक से खाएं, अगले महीने सारे टेस्ट जो मैंने लिखे हैं वह करवाकर ले आना।

दवाइयाँ समझकर डॉक्टर के कमरे से हम बाहर आ गए तो मैंने माधव से कहा – जब पटना आए ही हैं तो आज ही सारे टेस्ट करवा लेते हैं, जब अगले महीने आएंगे तो रिपोर्ट ले लेंगे।

माधव बोला – ठीक है, चलो करवा लो टेस्ट।

वहां से फिर टेस्ट वाले के पास जाकर सारे टेस्ट करवाए तो शाम के पांच बज चुके थे। भूख भी बहुत तेज लग गई थी।

फिर हम दोनों ने खाना खाया और वहां से शाम की ट्रेन से घर आ गए।

मैंने चैन की सांस ली कि डॉक्टर से मिलना और टेस्ट बिना किसी झगड़े या तानों के निपट गए। माधव के साथ जाते हुए मैं डर रही थी कि पता नहीं किस बात पर भड़ककर वो बदतमीजी पर उतर आए।

पर मेरी ये राहत बस यहीं तक थी।

घर आते ही न जाने क्यों और कैसे माधव के तेवर पूरे बदल गए!

घर आते–आते रात के 12 बज गए थे।

मम्मी–पापा तब तक सो चुके थे। माधव बोला – मुझे खूब भूख लग रही है, देखो कुछ है खाने के लिए, तो ले कर आओ। तब तक मैं हाथ–मुंह धोकर कपड़े बदलता हूँ।

मैं किचन में गई तो कुछ भी नहीं बचा था खाने के लिए।

मैंने माधव से कहा – कुछ नहीं बचा है खाने को, आप चूरा–दही खा लो, सुबह उठकर कुछ बना दूंगी।

यह सुनकर माधव भड़क गया, बोला – मैं तेरे ही काम से डॉक्टर के पास गया था, अपने लिए नहीं। एक तो पूरे दिन की थकावट है, ऊपर से खाने को भी नहीं बना रही है।

और यह कहते हुए मेरे चेहरे पर एक थप्पड़ रसीद कर दिया।

और बोला – जा–जाकर सब्जी–रोटी, या परांठा बना कर ला, मुझे अभी खाना है। एक तो इतने पैसे खर्च हो गए, ऊपर से महारानी के नखरे झेलो। अब खड़े–खड़े यहाँ मेरा दिमाग मत खराब कर, जा जल्दी।

मैं हांफती हुई–सी किचन में आ गई। थकी तो मैं भी थी, मेरी तो जांच भी हुई थी–शारीरिक के साथ –साथ मानसिक तौर भी मैं परेशान हुई थी। जांच अकेले सिर्फ मेरे लिए नहीं थी, बच्चा हम दोनों का होना था, अकेले मेरा नहीं, फिर मैं ही क्यों सब सहूँ!

दिल तो कर रहा था कि माधव से ये सब कह दूँ।

पर क्या फायदा, एक और थप्पड़ खाती।

मन मसोसकर रात में फिर मैंने किसी तरह खाना बनाया, हिम्मत जवाब दे चुकी थी, खड़ा होना बड़ा भारी पड़ रहा था फिर भी लाचार होकर खाना बनाना पड़ा।

***कौन है साथी यहाँ, कौन हमदम है !***
***खोखले हैं रिश्ते सब,औ' जमीर बेदम है !!***

# बेइज्जती और ताने

**पूरी** तरह से थककर चूर होने के बाद भी रात को एक बजे सोकर मैं सुबह फिर चार बजे उठ गई। अगर न उठती तो अगले चार दिन तक सास से कुश्ती लड़नी पड़ती और तानों से पटकनी खानी पड़ती।

सुबह के सारे काम खत्म करके मैंने सास–ससुर के लिए चाय बनाई और उन्हें देने गई। चाय को टेबल पर रखा, साथ में बिस्कुट भी थे।

मेरी सास ने मुझसे यह पूछने की जरूरत तक न समझी– तुम लोग डॉक्टर के पास गए थे,क्या पता चला!

तभी बगल की काकी आकर बैठ गई।

सास मुझसे बोली – जा एक कप चाय और बना कर ले आ काकी के लिए।

मैं बोली – ठीक है मम्मी जी। मैंने काकी के पैर छुए और अंदर आ गई चाय बनाने।

चाय की केतली गैस पर चढ़ाकर मैं माधव को उठाने चली गई। कमरे में पहुंची तो मेरा दिल जल गया। माधव मुस्कुराते हुए किसी को मेसेज करने में लगा हुआ था। मुझे देखकर एकदम से घबरा गया और फोन बंद करके तकिए के नीचे रख दिया।

मुझे तुनककर बोला – क्या ताक रही हो। जाओ चाय लेकर आओ, मैं कितनी देर से उठा हुआ हूँ।

मैंने हिम्मत करके पूछ ही लिया – किससे सुबह–सुबह मेसेज कर रहे हो, मैं आई तो अचानक से बंद कर दिया आपने।

मुझसे नजरें चुराते हुए बोला – मेरे दोस्त का बर्थडे था, उसी को बधाई दे रहा था। जब देखो सवाल पूछती रहती हो। हर वक्त मूड खराब कर देती हो। जाओ जाकर चाय लाओ।

और गुस्से से पैर पटकता हुआ बाथरूम में चला गया।

मैं समझ तो गई थी कि वो झूठ बोल रहा है। पर मैं कुछ नहीं कर सकती थी।

सो मैं चुपचाप रसोई में गई और चाय बनाकर काकी को देने चली गई। जैसे ही वहां पहुँची, मेरी सास मुझे देखते हुए काकी से बोली – तुम्हारी बहू का तो प्यारा–सा पोता हो गया। पता नहीं मेरे नसीब में कब पोते का मुंह देखना लिखा है। मेरा नसीब

तो उसी दिन खराब हो गया था जिस दिन मैं इस मनहूस को बहू बनाकर अपने घर में लाई थी।

यह सुनकर मेरी आँखों से आंसू गिरने लगे। काकी भी मुझे परेशान–सी नजरों से देखने लगी। वो भी क्या कहती! चाय पीकर और कुछ देर गप्पें मारकर वो चली गई।

अब जीवन और कठिन होने लगा था। मुझे सोते –जागते हर समय बच्चा न होने के ताने मिलने लगे। मुझे रात को नींद में भी वो ताने सुनाई देते।

***थी जो मेरी अपनी भी चाहत वो ही जानलेवा दर्द बन गई***
***हाय ! मेरी खुशियों को किस जालिम की नजर लग गई!!***

# एक अबला बाँझ की कहानी

**पूरे** घर में एक चंदा बाई ही थी, जो मेरा एकमात्र सहारा थी। वो मेरा काम तो हल्का करती ही थी, उसके साथ बतियाकर कुछ देर के लिए ही सही, थोड़ा दिल भी हल्का हो जाता था। मेरी सास को ये कतई गवारा नहीं था। इसके लिए भी वो मुझे सुनाती रहती पर मैं इसकी परवाह नहीं करती थी। प्यारी–सी बातूनी चंदा मुझे बहुत अच्छी लगती थी।

जब दो दिन तक चंदा नहीं आई, तो मैं बहुत परेशान हो गई – पता नहीं क्या हुआ होगा, बिन बोले आज तक तो छुट्टी नहीं ली थी उसने, परन्तु अब क्या हो गया। मैंने उसे फोन किया तो उसका फोन भी बंद निकला। मुझे अंदर से बहुत परेशानी हो रही थी, मन नहीं लग रहा था कि अचानक क्या हो गया क्योंकि वो अपनी बड़ी बहन को लेकर बहुत परेशान रहती थी। उसकी बड़ी बहन – रोहिणी की दो साल पहले शादी हुई थी। उसके ससुराल वाले उसे बहुत परेशान करते थे। उसे मारते–पीटते, घर का सारा काम करवाने के बाद उसे खेतों में काम करने के लिए भी भेजते थे।

कोई अमीर हो या गरीब, पैसा कभी किसी को सुख नहीं दे सकता।

मेरी तरह ही रोहिणी को भी हर वक्त बाँझ होने के ताने सुनने पड़ते थे।

मुझे समझ नहीं आता कि ये समाज किसी औरत को बिना उसकी जांच करवाए कैसे 'बाँझ' करार दे सकता है! बच्चा न होने की वजह केवल औरत तो नहीं हो सकती, पति भी तो हो सकता है। पर इस समाज में हम जैसी लाचार औरतों की सुनवाई कहाँ है! बच्चा नहीं हो रहा, इसका मतलब हममें ही कोई कमी है। फिर सुनते रहो ताने जब तक जिंदा हो बल्कि जीते–जी ही मर जाओ!

रोहिणी को घर के सारे कामों के अलावा सड़ती गर्मी और झुलसती धूप में भी खेतों में जा–जाकर घास काटने, और गाय भैंस बकरी–सभी को लेकर जाना पड़ता था। घर में सास–ननद बैठी रहती थीं। रोहिणी का पति पंजाब में मजदूरी करता था। रोहिणी को देखने वाला कोई नहीं था।

ये सब चंदा ने मुझे बताया था, इसी वजह से मैं परेशान थी। कहीं उसकी बहन के साथ कुछ गलत न हो गया हो।

जब मुझसे रहा न गया तो घर का सारा काम खत्म करने के बाद मैंने अपनी सास से पूछा – चंदा नहीं आ रही है। आप पता करवाना उसके घर पर किसी को भेजकर कि क्या बात हो गई है!

सास तुरंत मना करते हुए बोली – मुझे यही काम बचा है क्या? खुद ही आ जाएगी, इन गरीब लोगों का यही बहाना होता है। पांच दिन आती हैं फिर नए बहाने बनाकर छुट्टी ले लेती हैं। जब तक पेट भरा रहता है, मन आसमान पर होता है। पेट में आग लगेगी तो खुद ही आ जाएगी, और फिर जा भी कहाँ सकती है! मैं इन लोगों की नस–नस को खूब जानती हूँ।

अचानक सास चुप हो गई, फिर कुछ रूककर सोचते हुए बोली – तुम जब डॉक्टर के पास गई थी तो वहां से आकर घर का सामान चेक किया कि नहीं, क्योंकि यह लोग पक्के चोर होते हैं। कुछ चुरा न लिया हो घर का। और तू बात कम किया कर उससे, कई बार बोल चुकी हूँ तुझे। अगर कुछ सामान न मिला तो देख तेरा क्या हाल करती हूँ! ज्यादा हिमायती बनती है उस चोरनी की।

यह बोलकर सास अपने कमरे में चली गई। मुझे बहुत बुरा लग रहा था, पर मैं भी चुपचाप अपने कमरे में चली आई।

पांच दिन बाद जाकर चंदा आई। चेहरे का रंग उड़ा हुआ था, आँखें सूजी हुई थीं। जब मैंने पूछा तो फफक–फफककर रोते हुए बोली – भाभी खा गए मेरी बहन को उसके ससुराल वाले, बेचारी ने खुद को जलाकर खत्म कर लिया।

यह सुनते ही मेरे सारे रोंगटे खड़े हो गए। मैं सकते में आ गई ।

एकबारगी तो मेरे पांवों के नीचे से जमीन खिसक गई।

मेरे पूछने पर चंदा ने बताया – भाभी, मेरी बहन कुछ दिनों से काफी बीमार थी पर कोई उसकी तरफ देख तक नहीं रहा था। तो मैंने जीजा को पंजाब फोन करके बताया कि दीदी बहुत बीमार है, आप आ जाओ। लेकिन उसने टका–सा जवाब दे दिया कि मेरी माँ और बहन अपने आप देख लेंगी। एक तरह से उसने बहाना बनाकर आने से मना कर दिया। है तो अपनी माँ का ही

बेटा। जब मैंने अपनी बहन की सास से बात की तो वो बोली – ठीक तो है वो, सब काम न करने के बहाने हैं बस। ऐसा तो होता ही रहता है, ठीक हो जाएगी जल्दी।

दीदी काफी कमजोर हो गई थी। जिस दिन दीदी ने खुद को आग लगाई, उस दिन सुबह फोन आया था उसका, बहुत रो रही थी। पहले माँ ने पूछा – क्या हुआ, तो वह कुछ नहीं बोली। जब मेरे से बात हुई तो खूब रोने लगी।

मैंने पूछा था – क्या हुआ दीदी?

दीदी ने बताया – मुझे सास और उसकी बेटी ने बहुत मारा कल और पूरा दिन खाना भी नहीं दिया। मुझे बोलती है कि तू मर क्यों नहीं जाती! एक तो बच्चा नहीं जन रही, ऊपर से अब बीमारी का नाटक करके काम भी नहीं कर रही। बोझ बनकर हमारे सिर पर पड़ी है। मैं क्या करूं चंदा, मेरी तबीयत ठीक नहीं है।चक्कर आते रहते हैं मुझे, खड़ी होती हूँ तो गिर जाती हूँ। मेरे पेट में भी बहुत दर्द रहता है। एक गोली तक नहीं देते मुझे, डॉक्टर के पास कहाँ से जाऊं! मेरी हालत पर तरस खाकर तुम्हारे जीजा ने पैसा भेजा था, पंजाब से दवाई के लिए लेकिन सास–ननद ने रख लिया। एक गोली तक लाकर नहीं दी,डॉक्टर को दिखाना तो बहुत दूर की बात है।

फिर जोर–जोर से रोते हुए बोली – मेरी तबीयत बहुत खराब है, मुझे यहाँ से ले चलो वर्ना ये लोग मुझे मार देंगे।

चंदा ने बताया कि मैंने अपनी बहन को शांत कराया और कहा – दीदी आप मत रोओ, मैं बाबा को भेज रही हूँ आप को लेने और जीजा को भी फोन करती हूँ आने के लिए। आप बिलकुल घबराओ मत, हम सब हैं न।

बस इतना कहकर मैंने फोन रख दिया– चंदा की आँखें गीली हो उठी थी।

बोली –फिर मैंने सारी बात बाबा और माँ को बताई। माँ ने बोला बाबा को – जल्दी जाओ आप।

बाबा ने निराशा भरी आवाज में कहा–आज नहीं कल जा पाऊँगा, मेरे पास बस 150 रु. हैं। इसमें क्या होगा, मैं आज कुछ और पैसों का इंतजाम करता हूँ कल पांच बजे सुबह निकल जाऊँगा।

बाबा तुरंत किसी से पैसे उधार लेने के लिए चले गए। माँ ने

मुझे बोला – जा तू भी भाभी (मुझसे) से कुछ पैसे मांग ला। मैं आई थी आपके पास पर आप नहीं थे घर पर।

आपकी सास से पैसे मांगे तो उसने डांटकर मना कर दिया, बोली – अभी नहीं हैं मेरे पास, बाद में लेना। फिर मैं चली गई।

घर पहुंची तो माँ बहुत रो रही थी, बाबा भी आ गए, मैं घबरा गई कि आखिर बात क्या है!

फिर मैंने माँ से पूछा तो बोली – चंदा, तेरी बहन तो इस दुनिया से चली गई। उसने खुद को जलाकर खत्म कर लिया। मैं तो वहीं बैठ गई, मेरी तो जान ही निकल गई ये सुनकर– चंदा अब सुबक–सुबक कर रोने भी लगी थी।

चंदा ऐसे बता रही थी मानों सब उसकी आँखों के आगे से गुजर रहा हो –शाम हो चुकी थी, बाबा बहुत गुस्से में थे। बाबा गए दीदी के ससुराल, पांच छः लोगों के साथ, बहुत हंगामा हुआ। मेरे मामा ने पुलिस में केस भी दर्ज करवाया –दीदी की बहन, माँ और जीजा के ऊपर। पुलिस वालों ने जीजा को भी पंजाब से बुला लिया। बाँझ होने के कारण दीदी जब तक जीती रही, उसकी दुर्गति होती रही, मरने के बाद उसके शरीर की दुर्गति हो गई। दो दिन तक पुलिस वालों ने दीदी की बॉडी को रखा। जीजा पंजाब से तीसरे दिन आए तब जाकर अंतिम संस्कार हुआ और फिर पुलिस वालों ने उसे, उसकी माँ और बहन को थाने ले जाकर बंद कर दिया।

उन लोगों के थाने में बंद होने पर ऐसा लगा कि शायद मरने के बाद तो दीदी को इंसाफ मिलेगा पर उसकी बदकिस्मती वहां भी उसके साथ ही खड़ी थी।पुलिस वालों ने आगे कोई कार्रवाई नहीं की, उसके लिए वे करमजले पैसे मांग रहे थे बाबा से, कह रहे थे – 50,000 दोगे तभी कुछ होगा, नहीं तो कुछ नहीं होगा।

बाबा तो उनके सामने रोने लगे, हाथ जोड़कर बोले – साहब, हम गरीब आदमी हैं मजदूरी करने वाले, दिन–भर कमाते हैं और जो होता है उसी से गुजारा करते हैं। कहाँ से लाएं इतने पैसे! ऊपर से मेरी बेटी मर गई है। कितना बड़ा पहाड़ मेरे ऊपर आन पड़ा है, आप न्याय दिलाने के बदले पैसे मांग रहे हैं?

यह सुनते ही पुलिस वाला गुस्सा हो गया और मेरे बाबा को वहां से भगा दिया। बाबा कितना रोए, चिल्लाए लेकिन उन जल्लादों पर कुछ असर न पड़ा। बाद में हमारे पड़ोसी को उसकी

पहचान के एक बीट कांस्टेबल ने बताया कि पुलिसवालों ने मामला रफा–दफा करने के लिए मेरे जीजा से दो लाख रूपए घूस ली। और दो दिन बाद ही दीदी के ससुराल वाले जेल से बाहर आ गए,अब वे सरे–आम घूम रहे हैं। दीदी के इलाज के लिए इन लोगों के पास 10 रूपए तक नहीं निकले और खुद पर पड़ी तो 2 लाख तुरंत निकल आए। मेरी दीदी को मिलकर मार दिया इन्होनें।

चंदा अब बेतरह फूट–फूट कर रोने लगी।मैंने उसे पानी पिलाया।

चंदा ने आगे बताया – पुलिस वालों ने मेरी मरी बहन को भी न बख्शा, उसे बदचलन कहकर बदनाम करके केस बंद कर दिया। और हद यह है कि भाभी, इधर मेरी बहन की चिता तक ठंडी नहीं हुई है और दीदी की सास अपने बेटे के लिए नया रिश्ता ढूँढ रही है।

यह कहकर चंदा अबकी बार और भी जोर–जोर से रोने लगी।मैंने उसे बड़ी मुश्किल से चुप कराया, चाय बना कर दी और कुछ बिस्कुट साथ में दिए।

फिर मैंने चंदा से कहा – तुम दो–तीन दिन बाद आना, अभी माँ और बाबा के साथ रहो, उन्हें हौसला दो।

चंदा मेरी तरफ बड़ी ही आशा भरी नजरों से देखती हुई और मुझे दुआएं देते हुए चली गई।

उसके जाने के बाद मैं अपने काम में तो लग गई पर अन्दर–ही –अन्दर मेरा दिल रोने लगा। बाँझ होना या न होना तो एक औरत के हाथ में नहीं है, पर समाज इसके लिए उसे किस हद तक प्रताड़ित कर सकता है, मुझे आज तक इसका अंदाजा नहीं था।

चंदा की बात सुनकर मुझे खुद के लिए भी डर लगने लगा। मेरी शादी को 2 साल हो चुके थे और मेरा आँगन अभी तक सूना था। मैं डर रही थी कि न जाने मेरे साथ कल क्या हो!

***जो तेरी दास्ताँ है, कल वो मेरी भी तो हो सकती है***
***जो आज चिंता मेरी, वो कल चिता मेरी बन सकती है !***
***मेरे डर की वजह फिलहाल मेरी कमजोरी सही***
***पर मेरी मजबूरी कल मेरी जान की कीमत भी हो सकती है!!***

# भाभी–बहन का मिलने आना

**अगला** हफ्ता कुछ खुशी भरा साबित हुआ!

मेरी भाभी अनीता और छोटी बहन जो मुझसे मिलने आए। उन्हें गले लगाकर मेरी आँखें भर आईं, इतने दिन बाद उनसे मिली थी और वो मुझसे मिलने इतनी दूर दिल्ली से आई थीं। मैंने उन्हें प्यार से बैठाया और चाय–नाश्ता दिया। मेरी सास कुछ देर उनके पास बैठकर अपने कमरे में चली गई। मैंने माधव को फोन करके भाभी और बहन के आने का बताया और उन्हें थोड़ा जल्दी घर आने को कहा।

अनीता मेरा मायूस चेहरा भांप गई और जब उसने मुझे कुरेदा, तो मैं खुद को रोक न सकी। एक सैलाब की तरह इन दो सालों में हुए सारे जुल्म बाहर बह निकले। मुझ पर कसे गए बाँझ होने के इल्जामों का, डॉक्टर के पास दिखाने का, किसने क्या–क्या बोला, सब बताती चली गई।

भाभी मेरे कंधे पर हाथ रखते हुए बोली – टेंशन मत लो, सब कुछ ठीक हो जाएगा। माधव आता है तो मैं उसे भी अच्छे से समझाती हूँ। उसे यह भी बोल दूंगी कि तुमको एक बार दिल्ली लेकर आ जाए, एक बार एम्स में दिखा देते हैं, बहुत अच्छे डॉक्टर हैं वहां पर, इलाज भी बहुत अच्छे से करते हैं। सारी दुनिया वहां दिखाने आती है। वहां पर आ जाना, एक बार तुम माधव के साथ।

सबके हाल–चाल सुनने–सुनाने की बातें काफी देर चलीं। फिर माधव भी आ गया। मैंने सबको खाना खिलाया, भाभी ने माधव से बात की तो वो बस हाँ–हाँ कहता गया। उसके हाव–भाव देखकर मैं समझ गई कि उसे यह सब करने में कोई दिलचस्पी नहीं है। शाम को उनको विदा करके मैंने रसोई संभाली और थोड़ा लेट गई, बहुत थक गई थी। मैं उदास थी कि मेरे पास इतने भी पैसे नहीं थे कि मैं अपनी भाभी और छुटकी के हाथों में कुछ थोड़ा–बहुत शगुन रख देती, वो पहली बार मेरे घर आए थे। यही सोचते हुए कब आँख लगी, पता नहीं चला।

कुछ समय बाद मेरी सास की आवाज से मैं जाग गई, वो माधव के पापा को मेरे खिलाफ उल्टी–सीधी पट्टी पढ़ा रही थी।

मेरी भाभी—बहन की बुराई करने में लगी थी। मेरे खिलाफ बोलने का एक भी मौका वो हाथ से नहीं जाने देती थी।

ये सब सुनकर अंदर— ही— अंदर मेरा दम घुटने लगा। मुझे जिन्दगी से बहुत परेशानी लगने लगी। ऐसा लगने लगा कि मैं किसी जेल में बंद हूँ और यहाँ से छूटने का कोई रास्ता नहीं है।

***कैसी कैद है ये अपनों के नाम पर,***
***न जरा सुकून है न चैन मुट्ठी भर!***
***चलना है दो कदम तो सर कलम कर***
***है जीने की चाहत तो सांस बंद कर !!***

# उम्मीद की एक किरण

**मेरी** भाभी ने मुझे अपनी एक सहेली के बारे में भी बताया था जिससे मुझे उम्मीद की एक छोटी–सी किरण दिखाई दी थी। भाभी ने बताया – मेरी एक बहुत अच्छी सहेली गौरी की शादी को पांच साल हो गए थे पर उसे बच्चा नहीं हो रहा था। कई बार कोशिश करने पर भी कुछ नहीं हो पाया। किसी के बताने पर वो अपने पति के साथ एक अस्पताल में गई, तो वहां के डॉक्टर ने जांच करके बताया कि गौरी बिलकुल स्वस्थ थी और उसके पति का वीर्य बच्चा पैदा करने में सक्षम नहीं था। पहले तो गौरी का पति यह मानने को तैयार ही नहीं हुआ। उसे यह अपनी मर्दानगी पर एक धब्बा लगा। पर जब गौरी और डॉक्टर ने उसे खूब समझाया तो वो मान गया अपना इलाज करवाने को। अब एक साल की बेटी उनके घर–आँगन को खुशियों से भर रही है।

भाभी ने आगे कहा था – तो दीदी जरूरी नहीं कि केवल औरत ही बच्चा न होने के पीछे कारण हो। पति भी कारण हो सकता है। कभी–कभी तो दोनों में ही कमी होती है। पर अब साइंस ने इतनी तरक्की कर ली है कि हर तरह का इलाज सम्भव है। मेरी मानो तो आप माधव से बात करो और अपनी जांच के साथ –साथ उसकी भी एक बार जाँच करवा लो।

मैं माधव को यह सब बताना चाहती थी पर मुझे इसके लिए हिम्मत जुटाने में दो दिन लग गए। जब मैंने माधव को गौरी और उसके पति के इलाज के बारे में सारी कहानी सुनाई तो उसने मुझे जोर का एक थप्पड़ मारा और चिल्लाकर बोला – अच्छा! अब तेरी इतनी हिम्मत हो गई कि अपना बांझपना मुझ पर मढ़ना चाहती है।

गाल पर एक करारा थप्पड़ और जड़ते हुए माधव बोला – तूने ऐसा बोलने की हिम्मत कैसे कर ली! कमी और मुझमें, खुद को देखा है कभी। किसी लायक है भी तू। एक बच्चा तो दे नहीं सकती और मुझ पर उंगली उठाती है। खबरदार तेरे घर

में से किसी और ने मेरे घर अब एक कदम भी रखा, आ जाते हैं तुझे उलटी पट्टियाँ पढ़ाने।

यह कहकर मुझे इतनी जोर से धक्का दिया कि मेरा सिर अलमारी से टकराया और खून बहने लगा।

मैं कराहकर रोने लगी।

तभी मेरे सास–ससुर शोर सुनकर कमरे में आ गए। जब माधव ने मेरी सास को सारी बात बताई तो उसने मुझे जोर से लात मारते हुए कहा – करमजली बाँझ कहीं की। मेरे बेटे में कमी बताती है। कमी तो तुझमें, तेरे पूरे खानदान में है। एक तो मनहूस और ऊपर से बाँझ।कैसी बंजर जमीन मढ़ी है तेरी बुआ ने हमारे भाग्य में। देखती हूँ तू कैसे मिलती है अब अपने मायके वालों से! तुझे तो मजा अब मैं चखाऊँगी।

यह कहकर उसने मुझे एक थप्पड़ मारा और चली गई वहां से। ससुरजी पीछे–पीछे हो लिए। माधव ने मेरी बांह पकड़कर कमरे से बाहर धकेला और दरवाजा बंद कर दिया। मैं वहीं पड़ी बहुत देर तक रोती रही और दर्द से कराहती रही। सारी रात आँखों में बीत गई। किसी को मेरा बहता खून या दर्द कहाँ दिख रहा था। बार–बार मेरी सास का कहा कानों को भेद रहा था – बाँझ कहीं की, तू तो है ही एक मुरझाया हुआ फूल, तू एक मांस की गठरी है बस। यह तो हम तुझ पर रहम कर रहे हैं यहाँ रख कर।

***उम्मीद की ज्योति, आंसुओं में डूबी और बुझ गई,***
***अपमान भरी यातना से जिंदगी, दर्द में सिमट गई!***
***हर रात की होती है सुबह,ये आस भी गई***
***मेरी जिंदगी, जीवन से कोसों दूर चली गई !!***

# जीना हुआ दुश्वार

**मैंने** कभी सोचा न था कि अगले दिन की सुबह मेरे लिए घनघोर अन्धकार लेकर आएगी। सुबह उठकर मैं रोज की तरह अपने कामों में लग गई। कोई मुझसे बात करना तो दूर मेरी तरफ देख तक नहीं रहा था। माधव भी ऐसे बर्ताव कर रहा था कि मुझे जानता भी न हो। वो तैयार हुआ, उसने नाश्ता किया और अपनी माँ को मिलकर चला गया। सास–ससुर ने भी चाय ले जाने पर मुंह फेर लिया।

तभी काम वाली बाई चंदा आई तो मेरी सास ने उसे दरवाजे पर ही रोक दिया और उसके हाथ में उसका हिसाब देते हुए बोली – अब हमें तुम्हारी जरूरत नहीं, अब से काम पर मत आना। और यह कहकर दरवाजा बंद करके मुझे बोली – घूर क्या रही है, तुझे कहा ही था कल कि अब देख तेरा क्या हाल करती हूँ। कोख ही तो सूनी है पर हाथ–पैर तो सलामत हैं, अब लग जा काम पर।

अब जीवन जीता –जागता नरक बन गया।

चंदा से मुझे कम–से–कम काम में तो सहारा था अब वो भी छिन गया। जीवन एक मशीन बन गया – रोज वही सुबह चार बजे उठो, नहाकर पूजा करके झाडू–पौंचा, झाड़–पोंछ, बर्तन–कपड़े धोना, सबके लिए चाय, नाश्ता, खाना, रात बारह बजे तक काम। और ऊपर से भरपेट खाने के लिए तरसना।

मेरी सास जान–बूझकर कम सब्जी बनवाती और मेरे लिए मुश्किल से दो चम्मच छोड़ती। एक नौकरानी के हालात शायद मुझसे अच्छे होंगे, उसे दोपहर तक काम करके भरपेट खाना तो मिलता है। यहाँ तो वो भी नसीब नहीं।

फिर ऊपर से सास के दिन–रात के ताने और माधव का रूखापन। घर में कोई भी आए चाहे पड़ोस से या कोई रिश्तेदार, हर किसी को मेरे बाँझ होने का रोना रोती मेरी सास। मेरा फोन भी छीन लिया उसने ताकि मैं अपने मायके वालों से बात न कर सकूँ। अगर सास के फोन पर कभी उनका फोन आता तो कोई बहाने बनाकर बात न करवाती या मेरे सिर पर खड़ी होकर बस दो मिनट बात करने देती।

अगर मेरी ननदें आ जाएँ तो पूछो ही मत। इतनी बेइज्जती,

इतने ताने कि कान ही पक जाते सुन–सुनकर।

ये सभी लोग जो मुझे दिन–रात बाँझ होने के ताने दे रहे थे, इन्हें कौन समझाए कि बहू का अगर बच्चा नहीं हो रहा, तो बाँझ करार देने से पहले उसके और उसके पति,दोनों की जांच कराकर पता तो कर लो क्या कमी है और किसकी कमी है! क्या पता पति में कमी हो या औरत का शरीर इतना कमजोर हो कि बच्चा रुकता ही न हो, या कोई और कमी हो जिसके कारण बच्चा न हो पा रहा हो। बाँझ कहने से पहले कमी तो ढूँढो।पर कमी तो उन्होंने खोज ली थी –मैं ही उनकी नजरों में खुद में नंबर वन कमी थी।

शादी के दो साल बीत जाने पर भी बच्चा न होना मेरी बदनसीबी थी। यह लोग मुझे बाँझ कहते थकते न थे, पर इसमें मेरी क्या गलती थी!मेरा इलाज इन लोगों ने पूरी तरह से करवाया नहीं। किसी भी डॉक्टर को दिखाते, वो दवाई देता और टेस्ट करवाने को कहता जो यह कभी करवाते ही नहीं थे।

ऊपर से मेरी सास बाँझ होने के अलावा अलग–अलग तरह के ताने मारते हुए कभी कहती – वो जो बगल वाली की बहू है, देख कितनी मेहनती है। उससे पहले तेरा पूजा–पाठ हो जाना चाहिए। बस यही लगा रहता था कि – मेरी जेठानी की बहू से पहले मेरी बहू सारे काम कर ले। फिर यह भी ताना था कि – सामने वाली की बहू कितनी सुडौल और सुंदर है, देख उसका चेहरा कैसे दमकता है! मेरे चेहरे पर चमक कहाँ से आए, न ठीक से खाने देते हैं, न सोने, और ऊपर से ढेर सारा काम।

***मैं बस एक पुतला हूँ माटी का,***
***मुझे अब माटी में ही मिल जाना है!***
***जिस तरह हो रही है मेरी मिटटी खराब***
***इस मिटटी को अब खाक बन जाना है !!***

# खंड – 3

# नवरात्रे और दशहरा

**अक्तूबर** का महीना आ गया। पांच दिन बाद नवरात्र शुरू होने वाले थे। मेरा काम और ज्यादा बढ़ गया। सास खुद भी चार बजे पूजा के लिए उठ जाती और सुबह से परेशान करके रख देती। ऊपर से मेरी दोनों ननदें और ननदोई भी पूरे नवरात्र यहीं रहते, पूजा पाठ करते। नवरात्र में सुबह चार बजे से उठकर रात के बारह बजे तक जाकर सारा काम खत्म होता।मुझे हमेशा ऐसा लगता था कि इन लोगों को बहू नहीं नौकरानी चाहिए थी।

यहाँ दशहरे के मेले के लिए सबके लिए नए कपड़े आते, बस मुझे छोड़कर। मेला देखने के लिए मेरी सास, ससुर, ननदें और उनके बच्चे, ननदोई और माधव सब नए–नए कपड़े पहनते। मुझे बोल देती सास – तुम्हारे पास तो बहुत कपड़े हैं शादी के, उसी में से एक कोई पहन लो, पैसे खर्च करने की क्या जरूरत है!

इस तरह हर साल मेरे साथ ऐसा ही होता। हर साल वही पुराने कपड़े मेरी शादी के, वही पहन के इन लोगों के साथ मेला देखने के लिए जाती। वहां सभी अपनी–अपनी पसंद की चीजें खरीदते। यह नहीं होता था किसी से कि मेरे लिए भी कोई कुछ खरीद दे।

मुझे अपने बचपन की याद आने लगती। कैसे हम सभी भाई–बहन नए कपड़े पहनते, मेले में पापा–मम्मी के साथ जलेबी और मिठाइयाँ खाते, खिलौने खरीदते,खुश होते। क्या दिन थे वो! सब कुछ कम था पर हम सब एक तो थे, प्यार था, खुशी थी, अपनापन था सबमें, एक–दूसरे के सुख–दु:ख को देखते–समझते तो थे।

यहाँ तो पत्थर दिल लोग थे, जितना टकराओ उतना खुद का ही सिर फूटे।

आज कोई पूछने तक को तैयार नहीं था। मेरे पास पैसे नहीं होते थे कि मैं कुछ ले सकूँ, मैं तो एक लाचार औरत थी, मेरे पास क्या था! मजबूरी के सिवा कुछ नहीं।

इस समाज की एक बात मेरी समझ में आ गई – जितनी औरत मजबूर होती है उसे और दबाया जाता है। कुँए में धकेल

दिया जाता है, मरना है तो मरो, हमारा क्या जाता है!

***न जियो तुम, न मरने देंगे हम***
***इसी को जिंदगी का नाम देते हैं हम !***
***हम हैं समाज, सिर्फ हम से ही तुम, तुम हो***
***जान लो सदा, तुम कहीं नहीं हो, तुम कहीं नहीं हो !!***

# अंधविश्वास की आड़ में

**एक** दिन मेरे घर पड़ोस की चाची आई। मेरी सास से बैठकर बात करती रही मेरे बाँझ होने को लेकर। फिर वो बोली – कल पास ही रमेश के घर गुरु महाराज का सत्संग है, बाहर से एक बाबा आ रहे हैं, आप अपनी बहू को लेकर आना और बाबा से आशीर्वाद लेना। क्या पता उसकी गोद भर जाए!

सास – हाँ हाँ, ठीक है, मैं जरूर आउंगी। बस तुम फोन कर देना जब घर से निकलोगी, तो हम भी आ जाएँगे।

चाची ने हामी भरी और चाय पीकर चली गई।

मैं इन बाबाओं के चक्कर में नहीं पड़ना चाहती थी, न ही मेरा ऐसे टोटकों पर विश्वास था। मैंने अपनी सास से यह कहने की कोशिश की पर उसकी गालियों और तानों के बारे में सोचकर मैं चुप ही हो गई।

मैंने सोचा – कर ही लेना बेहतर है जो वो करना चाहती है, मुझे साथ ही तो जाना पड़ेगा, ऐसे बाबाओं के आशीर्वाद से बच्चे होने लगे तो भगवान की क्या जरूरत रहेगी!

अगले दिन चाची ने चार बजे फोन कर दिया सत्संग में जाने को।

मैंने कहा – ठीक है चाची जी, मैं सासू जी के साथ आ जाउंगी।

सारे काम जल्दी–जल्दी निपटा दिए मैंने ताकि मैं तीन बजे तक फ्री हो जाऊं। मेरी सास ने बाजार से कुछ फल मंगाए बाबा को भेंट देने के लिए।

चाची ने फोन किया और बोली – निकल जाओ जल्दी, मैं जा रही हूँ रमेश के यहाँ, वहीं मिलूंगी।

मैं – ठीक है चाची जी, मैं मम्मी को बोल देती हूँ।बस दस मिनट में निकल रहे हैं।

मैंने फोन रखा और मम्मी जी को बताया।

सासू माँ तैयार हो चुकी थी। मेरा कंघी करना बाकी था बस। पर मुझे ऐसे देखकर गुस्सा करने लगी – तू अभी तक तैयार नहीं हुई, क्या कर रही थी इतनी देर से, थोड़े–से तो काम हैं फिर भी कुछ नहीं होता। तेरा शरीर कोढ़ी हो गया है। काम से भागती है बस, एक–दो घंटे के काम में पूरा दिन लग जाता है

तुझे। मेरी बेटियां देख ससुराल में कैसे काम करती हैं, कोई शिकायत नहीं आई आज तक। तू है जो कामचोर बनी बैठी है।

ये कड़वी बातें सुनकर मेरे तन–बदन में आग लग गई कि एक तरफ अपनी बेटियों की इतनी तारीफ कर रही है जो अपने ससुराल में कोई खास काम नहीं करतीं, दूसरी तरफ कोल्हू के बैल की तरह काम करने के बाद भी मुझे कोसती रहती है।

न चाहकर भी मेरे मन में हर वक्त जहर उगलती हुई मेरी सास के लिए अब पूरी तरह नफरत भर चुकी थी।

लेकिन मौन रहकर सब कुछ सुनते रहना मेरी बहुत बड़ी मजबूरी थी।

मैं जल्दी–से तैयार होकर मम्मी के साथ घर से निकल गई, पर पूरे रास्ते भी वो मुझे ताने मारती जा रही थी।

फिर हम रमेश के यहाँ पहुंचे, बहुत भीड़ थी दरवाजे पर। सत्संग हो रहा था। बहुत सारे चेले भी आए हुए थे। मैं रमेश जी के घर के अंदर गई तो बाबा के लिए बनी खीर की महक आ रही थी। सब बाबा के लिए कुछ–न–कुछ करने में लगे थे। कोई जल पेटी में पैक कर रहा था बाबा के लिए, तो कुछ एक बोरी चावल, दाल, काजू, बादाम, नारियल पैक कर रहे थे।

एक कमरे में बाबाजी के बैठने का बहुत अच्छा इंतजाम था। एक ओढ़ने वाला मखमल का कंबल कमरे में बिछाया हुआ था कालीन की तरह ताकि बाबा इस पर चलकर आलीशान कुर्सी तक जाएँ। सारी तैयारी बड़ी धूम–धाम से की गई थी मानो कोई जश्न हो घर में। खीर को एक चांदी के कटोरे में लाया गया, चांदी का चम्मच, एक चांदी की थाली में खीर की कटोरी, कुछ फूल–चावल–दीए रखे गए थे शुद्ध देसी घी के। और घर के सभी मुख्य लोग बाबा का इंतजार कर रहे थे।

मैं भी पहली बार बहुत सारे लोगों से मिली, सभी का एक ही सवाल था – शादी को कितने साल हो गए हैं?

मैंने जवाब दिया – दो साल।

एक औरत – अरे दो साल हो गए, एक भी बच्चा नहीं है। क्या हुआ कोई बाबा या भगत जी से दिखाया कि नहीं?

मैंने मन में सोचा – किसी ने यह नहीं बोला कि अच्छे डॉक्टर से चेकअप कराया या नहीं!

इस तरह की बातें चल रही थीं कि बाबाजी एक लाल रंग

की चमचमाती महँगी कार में आए। उसके पीछे–पीछे बाइक पर सवार काफी लोग, पीछे–पीछे बहुत सारे लोगों की भीड़ थी– हाथ में बाबा के पोस्टर के साथ। ऐसा लग रहा था कि मानो कोई राजनेता आ गया हो।

घर के सभी लोग भाग–भागकर आव–भगत कर रहे थे। बाबा के गाड़ी से नीचे उतरते ही उसे उस कमरे में ले गए जिसमें मखमल का कंबल बिछाया गया था। वहां बाबा जी को ऊंची–सी सिंहासन जैसी कुर्सी पर बैठाया गया।

एक बड़ा–सा पीतल का पतीला रमेश की बड़ी लड़की लेकर आई और उसमें एक पानी का लोटा रखा हुआ था। पतीले को बाबा के पैर के नीचे रखा और लोटे के पानी से पैरों को धोया। पैर धोया हुआ पानी दूसरे लोटे में पलट दिया गया। फिर बाबा को दीया दिखाया गया, फूलों से स्वागत किया गया, कटोरी में जो खीर थी, वह खाने के लिए दी गई, साथ में सेब, नारंगी, अंगूर आदि बहुत सारे फल काट कर दिए गए।

सभी लोग पैर छू–छूकर बाबा का आशीर्वाद ले रहे थे, अपनी–अपनी समस्याएं बता रहे थे।

मुझे भी मेरी सास ने पैर छूने का इशारा किया। मैंने जाकर तथाकथित बाबा के पैर छुए, आशीर्वाद लिया। बाबा मुझे घूर–घूरकर गलत नजरों से देख रहा था। मैंने साड़ी का पल्ला अपने सीने पर से लेते हुए थोड़ा कसा और पीछे होने लगी तो सास ने वापस आगे धक्का मार दिया। बाबा ने मेरी पीठ पर अश्लील तरीके से हाथ फेरते हुए चुटकी काट ली। फिर लाल–डोरों से भरी मोटी–मोटी आँखों से मुझसे समस्या पूछी तो सास तपाक से बोली – इसे आशीर्वाद दो बाबाजी, इसका बांझपना दूर हो जाए।बाबा मुस्कुराया और धीरे–से अपना हाथ मेरे सर पर रख दिया। सबसे छोटी ऊँगली से उसने मेरे बालों के नीचे की त्वचा रगड़ डाली। । और फिर पीठ पर हाथ फेरने के नाम पर चुटकी काट ली।

मैं तो बस खुद में सिमटकर रह गई। बाबा की हरकत मुझे भीतर तक गन्दगी के घुसते चले जाने का अहसास करा गई। पर सास को कुछ कहती तो मुझे ही दोष देती।

वहां खड़े सब लोग मुझे घूरकर ऐसे देखने लगे जैसे मैं कोई अछूत हूँ! एक ने तो अपनी नई ब्याही बहू को मुझसे दूर कर

दिया जैसे मेरा मनहूस साया उस पर न पड़ जाए। एक दूसरी को मैंने उसकी गर्भवती बहू के कान में फुसफुसाते हुए सुना – इससे दूर रह, कहीं इसकी नजर न लग जाए तुझे, पेट को ढक ले ठीक से।

यह सब सुनकर मन तो कर रहा था कि वहां से भाग जाऊं। मैं खुद को इतना अपमानित और अभिशापित महसूस कर रही थी। पर मेरे मनोबल के घुटने टूटे हुए थे।

मेरी सास को मेरे अपमान से कितना सुकून और खुशी मिल रही थी, यह उसके चेहरे पर साफ झलक रहा था।

कुछ देर बाद जो मैंने देखा उससे तो मैं दंग रह गई। जिस पानी से बाबा के चरण धोए जा रहे थे, उस पानी को सभी प्रसाद के नाम पर पी रहे थे। मैंने यह पहली बार देखा था, देखकर मेरा दिमाग सरक गया। साथ में बाबा की बची जूठी खीर खाने के लिए आपस में लड़ाई हो रही थी – तूने ज्यादा प्रसाद ले लिया, मुझे तो कम मिला।

मैं यह सब देख–देखकर हैरान थी कि ये कैसी अंधश्रद्धा है जिसने लोगों का ऐसा दिमाग खराब कर दिया है! करने वाले तो भगवान हैं। फिर ये झूठे लोगों को क्यों इतना मान–सम्मान दिया जाता है!

तभी मेरी सास बाबा के चरणों का पानी एक दोने में लाई और मेरे हाथ में थमाते हुए मुझे पीने का इशारा किया। मुझे तो देखकर ही उबकाई आ रही थी। मैंने मना किया पीने को तो उसने मुझे घूरकर देखा और थप्पड़ मारने का इशारा करते हुए दबी आवाज में बोली – चुपचाप पी ले बाँझ कहीं की! एक तो बाँझ ऊपर से इतना नखरा। ये सब लोग पागल हैं क्या जो लूट–लूटकर पी रहे हैं? पढ़–लिख ली तो क्या तेरी आरती उतारूं, एक बच्चा तो दे नहीं सकती और ऊपर से हीरोइन बनती है। यह बाबा का आशीर्वाद है, इससे तेरा कष्ट दूर हो जाएगा।

मेरी सास सबके सामने तमाशा न खड़ा करे और सच में मुझे सबके सामने थप्पड़ न रसीद कर दे, तो मैंने चुपचाप बड़ी मुश्किल से नाक बंद करके पी लिया। पर मेरी सास को इससे शान्ति न मिली। जूठी खीर का दोना भी मेरे हाथ में थमाते हुए बोली – बड़े नसीब वालों को यह मिलती है, खा इसे।

मैंने वो भी चुपचाप खा ली। मरती क्या न करती, वो खुश रहे किसी तरह बस।

सास (तसल्ली से) – अब ठीक है। बाबा जाने वाले हैं, घर चलते हैं। जिस काम से आए थे वो तो हो गया। बहुत लेट हो गया है। माधव भी आता होगा। तूने अभी खाना भी तो बनाना है।

मैं वहां से भागना चाहती थी जल्दी–से–जल्दी क्योंकि मेरी सास का कोई भरोसा नहीं, कब किसके सामने मेरे बाँझ होने को लेकर मेरी बुराई करने लगे तो मैंने कहा – जी मम्मी जी, अब चलते हैं, घर में पूजा भी करनी है, शाम हो गई है, दीया जलाने का भी टाइम हो गया है।

घर आकर मैं सीधा बाथरूम गई और अच्छी तरह से अपनी पीठ रगड़–रगड़कर धोई जहाँ उस बाबा ने हाथ फेरा था और चुटकी काटी थी, बहुत अच्छी तरह से बार–बार कुल्ला किया, उंगली मार–मारकर जीभ साफ की। अभी भी भीतर से घिन्न आ रही थी। मुझे उलटी आ गई।

सास ने बाहर से जोर से पूछा–क्या हुआ !

मैंने कुछ नहीं कहा।

कुछ देर बाद उलटी करने के बाद मैं जब बाहर निकली तो सास ने चहकते हुए कहा –उलटी हुई क्या !

मैंने हाँ में सर हिला दिया।

सास ने तुरंत काकी को फोन मिला कर बताया–अभी घर ही पहुंचे थे कि पूनम को उलटी भी हो गई,लगता है कुछ चमत्कार हो गया बाबा के दर्शन से ही। हैं न!

काकी ने तो पता नहीं क्या कहा पर मैंने अपना माथा पीट लिया–बच्चा न हो पाने की वजह से न जाने और कितने खून के घूँट पीने पड़ेंगे मुझे।बाबा तो जो था,वो था ही,और यह मेरी सास,ये भी कितनी बड़ी दुष्ट है! मुझे दो वक्त की रोटी देने में इसकी जान निकलती है लेकिन मेरी कोख से इसे बच्चा निकाल लेने की उम्मीद से इसके पाँव सातवें आसमान पर पहुँच जाते हैं–ये किसी शैतान से कम नहीं!

***है ये कैसी जिंदगी जो मौत से भी बदतर है,***
***क्या इंसान की हरकत शैतान से कहीं कमतर है!***

# पटना जाने की तैयारी

**बाँझ** होने के ताने सुनते और इन लोगों की बदतमीजियां सहते–सहते एक साल और बीत गया। मेरी सास ने मुझे पूरी तरह नौकरानी बना दिया था और माधव को मुझसे अब कोई मतलब नहीं रहा था। अब तो ताने, गुस्सा और मार जीवन का एक जरुरी हिस्सा बन चुके थे। ऐसा लगता कि जब तक मेरी सास मुझे बाँझ होने के ताने दिन में 8–10 बार न मार ले, तब तक उसे चैन नहीं आता था।

मेरे ससुर को दो दिन लगातार सीने में थोड़ा दर्द हुआ तो मेरी सास ने तुरंत माधव से कहकर चेकअप के लिए पटना में डॉक्टर से समय ले लिया। मेरी सास तो साथ जा ही रही थी, वो माधव को साथ जाने को कहती, इससे पहले ही वो बोल पड़ा – मैं भी साथ चलूँगा माँ, तुम जाने की तैयारी कर लो।

किसी के दिमाग तक में नहीं आया कि मुझे भी साथ ले जाकर एकबारगी मेरा भी चेकअप करवा लें, डॉक्टर को दिखवा लें।

माधव के तुरंत साथ जाने की सुनकर तो मेरा दिल रो ही पड़ा। ऐसा नहीं कि मैं नहीं चाहती थी कि वो अपने पिता के लिए जाए पर मुझे वो टाइम याद आ गया जब मुझे खुद को डॉक्टर के पास ले जाने के लिए उसकी कितनी बार मिन्नतें करनी पड़ी थीं, हाथ–पैर जोड़ने पड़े थे।

मेरे लिए कोई क्या सोचता, मैं तो इनके लिए अब बस एक घर का काम करते रहने और इनके हुकूम की आज्ञा मानने वाली एक नौकरानी भर थी।

मैंने सोचा कि ये लोग पटना जाएँगे तो तीन–चार दिन अकेले रहूँगी, कुछ चैन की सांस ले सकूंगी। पर मेरी उम्मीदों पर पानी फिर गया जब मेरी सास ने बताया कि उसकी बड़ी बेटी,पति और बच्चे उनके पीछे से यहीं पर रहेंगे।

दीदी और बच्चे तो दोपहर तक ही आ गए। मेरी बड़ी ननद और उसके दोनों शरारती बच्चे मेरा नाक में दम कर देते थे। अब मेरे ऊपर चार गुना काम भी आन पड़ा। हालाँकि पहले भी मैं अकेले घर के सारे काम करती थी पर अब खाना बनाती, बच्चों के लिए कभी दूध, कभी मैगी, तो कभी शरबत बनाती रहती– उनकी फरमाइशें पूरी करते–करते मैं आधी हो जाती। उधर से दीदी बैठकर टी.वी. देखती रहती और बीच–बीच में हुकूम दे देती – चाय बना लो, साथ में गर्मागर्म पकौड़े भी बना देना।

सब बैठकर हँसी–ठहाके लगाते, गप्पें लड़ाते। एक मैं ही थी घर में जो सबकी चाकरी करने के लिए रह गई थी।

और अपने बच्चों के साथ दीदी बैठती भी थी ऊपर की मंजिल वाले कमरे में।

यह तक नहीं सोचती थी कि नीचे वाले फ्लोर में बैठ जाएँ ताकि कुछ तो भागा–दौड़ी में आसानी हो, कितनी बार मुझे ऊपर–नीचे होना पड़ेगा, कितनी परेशानी होगी,इसके बारे में न उन्हें कोई फिक्र थी और न ही झूठे से ही सही, कोई जिक्र था।

लेकिन किसी को क्या फर्क पड़ता था जो मेरे लिए सोचे!

सास, ससुर और माधव को दो दिन बाद जाना था पर ये पलटन पहले ही नाक में दम करने आ गई थी। मेरी ननद जल्दी न आती तो दोनों माँ–बेटी मिलकर मजे लेकर मेरी बुराइयां कैसे करतीं!

अगले दिन नाश्ता करते ही माधव साथ लेकर जाने का सामान खरीदने बाजार चला गया। मैंने घर की सफाई की और सभी को खाना–पीना खिला दिया, बस मैं ही बची थी। सारे काम निबटाकर मैं नहाने गई, आकर पूजा करने के बाद खाने का पहला निवाला मुंह में डालने ही लगी थी कि तभी सास ने आकर बम फोड़ा।

सास –कितनी देर तक ठूंसती रहेगी, जल्दी नहीं खा सकती क्या?

मैंने कहने की कोशिश की कि अभी तो पहला निवाला भी नहीं खाया तो डांटकर दो मोटी–मोटी गाली दी और बोली – जबान लड़ाने की कोशिश मत कर, जल्दी खा और रात की सब्जी अभी काट ले, और आटा भी गूँथ ले।

मैं (मायूसी भरी आवाज में) – ठीक है मम्मी जी, खाना खाकर कर लेती हूँ।

फिर मैं आंसू पोंछते हुए खाना खाने लगी। ये इतनी–सी बात आराम से भी तो कही जा सकती थी, इस तरह गाली–गलौच और बदतमीजी की क्या जरूरत थी!

***काटे कटती नहीं ये जालिम जिंदगानी***
***स्वार्थ की भट्टी में जल रही मेरी जवानी!***
***मिटा दी झूठे रिश्तों ने इंसानियत की निशानी***
***कहाँ जाकर रोऊँ –अपना दुखड़ा, अपनी कहानी!!***

# दर्द भरा दिन

**सुबह** से भूखी थी मैं, एक कप चाय पीने का भी मौका नहीं मिला मुझे, तो शायद इसीलिए पेट में गैस बन गई थी। खाना खाते ही पेट में अचानक बहुत तेज दर्द होने लगा। मैं खाने की प्लेट रखकर पानी पीकर लेटने चली गई, मुझे लगा, लेटने से शायद ठीक हो जाएगा।

तभी दीदी (ननद) मेरे कमरे में आई और मुझे लेटे हुए देखकर मुंह बनाकर बोली – अरे! आप तो सो रही हो, आपको पता नहीं कि क्या सबको पटना जाना है, इतना काम है और आपको सोने की पड़ी है। माँ ने कहा है कि खाने के साथ–साथ कुछ नमकीन बना लो और सत्तू भी पीस लो। उठ जाओ अब वर्ना माँ ने देख लिया तो आपका क्या हाल करेगी, आपको पता ही है!

मैं बोली – ठीक है, पेट में दर्द हो रहा है बहुत तेज, अगर आपके पास कोई दवाई हो तो दे दीजिए, नहीं तो आप माधव को फोन करके बोल दीजिए वो बाजार से ले आएंगे।

ननद (गुस्से से) – पेट दर्द है तो मैं क्या करूं, मैं तुम्हारी नौकरानी नहीं जो मुझे हुकूम दे रही हो।

और गुस्से से पैर पटकते हुए कमरे से बाहर निकल गई।

फिर सास के पास गई और पता नहीं उन्हें क्या–क्या बोली, वो आकर मुझ पर चिल्लाने लगी।

सास – पता है इस करमजली को कि हम जाने वाले हैं, मैंने बोला कुछ बना दो रास्ते के लिए तो मेम साहब के पेट में दर्द होने लगा। मुझे पता है, मैं जानती हूँ तुझे अच्छी तरह, तेरी रग–रग से वाकिफ हूँ कामचोर, ये सब बस बहाना है तेरा और कुछ नहीं। अभी बोलूंगी कि मायके जा तो सब पेटदर्द गायब हो जाएगा। बस यहाँ पर ही काम के नाम पर सब नाटक शुरू हो जाते हैं।

उसकी आवाज कानों से टकराकर मेरे सीने को चीर रही थी। और भी जली–कटी बोलकर चली गई वो मेरे कमरे से। ननद खुश होती हुई पीछे–पीछे उचक–उचक कर चल रही थी, जैसे कह रही हो – मजा आया अब, मुझे काम बोल रही थी।

मैंने उसे कहा ही क्या था – एक गोली देने और माधव को

फोन करके दवाई लाने को।

मैं अकेली वहां पड़ी दर्द से कराहती रही। उठने की बहुत कोशिश की पर उठ न पाई।

थोड़ी देर के बाद माधव आया, मुझे कराहते देखकर पूछा – क्या हुआ?

मैं (बड़ी मुश्किल से बोलते हुए) – पेट में बहुत तेज दर्द है। आप क्या दवाई लाए पेटदर्द की?

माधव (गुस्से से) – नहीं तो, मैं क्या भगवान हूँ जो बिना बोले समझ जाऊंगा !

मैं (हैरान होकर) –दीदी ने आपको फोन नहीं किया क्या? मैंने तो दीदी को बोला था कि पेटदर्द की दवाई आपको बोल दे लाने के लिए।

माधव – नहीं, उसने मुझे कुछ नहीं बोला। इतनी बड़ी हो चुकी हो, खुद में इतनी अक्ल नहीं कि नींबू पानी में काला नमक डालकर पी लो और साथ में अजवाइन फांक लो। दीदी को कहने की क्या जरूरत थी, तुम्हारी माँ ने क्या इतनी अक्ल भी नहीं सिखाई?

मैं कुछ नहीं बोली, चुपचाप लेटी रही और सोचती रही – शादी के पांच साल बाद भी मायके वालों के नाम पर ताने सुनने को मिलते हैं, मेरे पास पैसा नहीं, बाबा की इतनी कमाई नहीं कि उनसे मांग सकूँ, कोई जॉब नहीं करती हूँ, तो मैं मर भी जाऊं तो किसी को कोई फर्क नहीं पड़ने वाला है। न जाने कैसे लोग हैं ये, इन्हें बस काम चाहिए दिन–रात। मुझे कुछ हो जाए तो कोई पूछने वाला नहीं है।

माधव कमरे से जा चुका था।

कुछ देर बाद मैं जैसे–तैसे उठी और एक गिलास में नींबू निचोड़कर उसमें काला नमक डालकर पिया और साथ में अजवाइन फांकी। कुछ आराम मिला तो सारा काम किया, सबके लिए चाय बनाई, कुछ नमकीन बनाई उन लोगों के रास्ते में खाने के लिए, फिर रात का और साथ देने का खाना भी बनाया। और ये सब किया बिलकुल अकेले।

शाम तक मैंने सारी चीजें तैयार करके पैक कर दीं।

सुबह सब रोटी–सब्जी खाकर निकल गए।

गाड़ी का भी टाइम हो चुका था।

उनके जाने के बाद मैंने राहत की सांस ली कि कुछ दिन तो आराम मिलेगा। पर मुझे क्या पता था कि मेरे सिर पर कितनी बड़ी बिजली गिरने वाली थी!

***सीख लिया कि हर दर्द खुद ही सहना है***
***ना ही उफ और न किसी से कुछ कहना है !***
***हालाँकि माँ ने बोला था कि तू उस घर का गहना है***
***पर घर ने बता दिया कि तेरे हिस्से में बस चुप रहना है!!***

# अब तो हद हो गई

**कम** होने के बजाए मेरा काम और बढ़ गया था। सारा दिन घर के कामों और दीदी और उसके बच्चों की फरमाइशों को पूरा करने में निकल गया।

रात में जीजाजी भी आ गए। फिर उनके लिए चाय बनाई और सबको खाना अच्छे से खिला दिया।

इस तरह से एक दिन बीत गया। एक मशीन की तरह सुबह उठकर सारा काम किया और देर रात तक काम करती रही।

दूसरे दिन दोपहर को मैं सारा काम खत्म करके कुछ देर कमर सीधी करने अपने कमरे में गई।दीदी बच्चों के साथ बाजार घूमने गई थी। रमेश जीजाजी की छुटटी थी तो वो अपने कमरे में सुस्ता रहे थे, उनका मन नहीं था साथ जाने को।

मुझे क्या पता था कि माजरा कुछ और ही है!

अपने कमरे में लेटे हुए कब मेरी आंख लग गई, मुझे पता न चला। तभी कमरे में कुछ आवाज सुनकर मेरी नींद खुल गई। पलटकर देखा तो जीजाजी दरवाजे की कुंडी लगा रहे थे। उनकी आँखें देखकर मैं तुरंत समझ गई कि उनकी नीयत ठीक नहीं है।

मैंने बहुत सख्त आवाज में उन्हें वहां से जाने को कहा।

तो वे हँसकर बोले – क्यों नाटक कर रही है! मुझे पकड़ने लगे तो मैं उछलकर दरवाजे की तरफ भागी। उन्होंने मुझे दबोच लिया और अलमारी से सटाकर बाहें मरोड़ते हुए बोले – घर में कोई नहीं है तो डर क्यों रही है, तू तो बाँझ है, कोई खतरा नहीं, मुझे पता है माधव तेरी तरफ देखता भी नहीं, मैं ही तुझे खुश कर देता हूँ। बाँझ होने का कुछ तो फायदा उठा खुद भी और मुझे भी उठाने दे।

यह सुनकर मुझे इतना गुस्सा आया कि मैंने जीजा को जोर–से धक्का मारा और दरवाजा खोलकर भागने लगी। उसने मुझे पकड़ने की कोशिश की तो मैंने पानी का जग सिर पर दे मारा। उसका खून बहने लगा और चिल्लाते हुए सिर पकड़कर बैठ गया।

मैं दरवाजा खोलकर बाहर निकली और कमरे की बाहर से कुंडी लगा दी।

मैं डर से काँप रही थी। वहीं जमीन पर बैठ गई। जोर–जोर से रोते हुए सोच रही थी – मैं बाँझ हूँ तो क्या अब मेरे साथ ऐसा सुलूक होगा, बाँझ हूँ पर इंसान हूँ,वेश्या तो नहीं, इतनी बड़ी बेइज्जती, ऐसा अपमान। समझ नहीं आ रहा था कि क्या करूं!

अभी सोच ही रही थी कि दरवाजे की घंटी बजी। दीदी और बच्चे आ गए थे। मैंने खुद को समेटा और घर का दरवाजा खोला। मैं दीदी को गले लगाकर उसके पति की करतूत बताना चाहती थी पर मेरी बदहवास हालत देखकर उसे शक हुआ। उसने अपने पति को आवाज मारी तो वो मेरे कमरे के भीतर से दरवाजा खटखटाने लगा।

दरवाजा खुलते ही वो रोने का नाटक करते हुए दीदी से बोला – देख तो इस बाँझ ने मेरा क्या हाल कर दिया है। खून बंद ही नहीं हो रहा।

दीदी ने जल्दी–से उसकी मरहम पट्टी की और बच्चों को ऊपर के कमरे में भेजा। फिर पानी पिलाकर अपने पति से बोली – अब बताओ हुआ क्या? तुम्हारी ऐसी हालत कैसे हो गई?

उसने दीदी को जो कहानी सुनाई, मेरे तो होश ही उड़ गए।

मेरी तरफ इशारा करते हुए बोला – मैं आराम से सोया था कि तभी इस कमीनी ने मुझे अपने कमरे में बुलाया। मुझे लगा कुछ चाहिए होगा। मैं वहां गया तो यह दरवाजे के पीछे खड़ी थी, उसने मेरे अन्दर आते ही दरवाजे की कुंडी लगा दी। मेरे पास आई और मुझे गले लगाने की कोशिश करते हुए बोली – मुझे आप बहुत अच्छे लगते हैं, माधव तो मेरी तरफ देखता तक नहीं पर मुझे पता है, आप मुझे बहुत पसंद करते हैं, मैं तो बाँझ हूँ इसलिए कोई खतरा नहीं, किसी को पता भी नहीं चलेगा।

यह कहकर मुझे पलंग के पास ले जाने की कोशिश करने लगी। मैंने छुड़ाने की कोशिश की तो धक्का–मुक्की में मुझे पलंग का कोना लग गया। खून देखकर ये डर गई और मुझे कमरे में बंद कर दिया।

यह कहकर वो रोने का नाटक करने लगे।

दीदी ने मुझे ऐसे घूरा जैसे खा ही जाएगी। इससे पहले कि मैं कुछ बोलती वो रसोई में जाकर बेलन उठा लाई और मुझे जोर–जोर से मारते हुए चिल्लाने लगी – बाँझ कहीं की, तू

इतनी गिरी हुई है कि पराए मर्द को अकेला देखकर उसपर झपट पड़ी। उसने मुझे बहुत बुरा–बुरा कहा और मार–मारकर अधमरा कर दिया।

मुझे बालों से घसीटते हुए मेरे कमरे में खींचकर ले गई और दरवाजा बंद करते हुए बोली – अच्छा हुआ भगवान ने तुझे बच्चा नहीं दिया, तेरी हरकतें देखने को तो नहीं मिलीं उसे। आने दे माँ और माधव को रात को। फिर देख तेरे साथ क्या होता है!

मैं यह सब सुनकर शरीर से और आत्मा से मर गई। मुझे इस बात का हर पल अफसोस था कि मैं बाँझ हूँ और मेरे आँगन में किलकारियां नहीं गूँज रहीं, पर मेरे बाँझ होने का कोई इस कदर फायदा उठाएगा, यह मैंने कभी सोचा भी था।

मेरा अंग–अंग मार से दर्द कर रहा था और दिल और आत्मा रो रहे थे।

मुझे पता था मेरी सास और माधव घर आने पर मेरा बहुत बुरा हाल करेंगे।

पूरा दिन वहां पड़े–पड़े मैंने एक फैसला किया जिससे शरीर का तो नहीं, पर आत्मा का दर्द खत्म हो गया।

रात को सब घर आए, दीदी ने जीजा की बताई सारी झूठी कहानी उन्हें सुनाई। मेरी बात बिना सुने या मुझसे बिना कुछ पूछे माधव और उसकी माँ ने बारी–बारी से मुझे बहुत ज्यादा मारा, खूब गालियाँ दीं, बाल नोचे, धक्के दिए, जितना जुल्म कर सकते थे सब किया।

पर मैंने उफ तक नहीं की, सब कुछ चुपचाप सहती रही।

शरीर टूट गया पर हिम्मत नहीं टूटी।

मेरे फैसले ने मुझे पत्थर का बना दिया था।

***हर जुल्म की एक रात होती है***<br>
***सुबह की कुछ अलग बात होती है!***<br>
***सदा के लिए गिर गए कुछ लोग मेरी नजरों से***<br>
***परवाह क्यों करूँ,क्या उनकी बिसात होती है !!***

# खंड – 4

# मेरा फैसला

**वो** काली भयावह रात बीती और अगला दिन आया। जीजा, दीदी और बच्चों को सुबह–सुबह यह कहते हुए ले गए कि – इस घर में एक बदचलन बाँझ रहती है, उसके हाथ का एक घूँट पानी तक खुद या अपने बच्चों को नहीं पीने देंगे अब।

सारा दिन मैं काम करती रही, गालियाँ सुनती रही, खाना भी नहीं मिला, पर कुछ न बोली।

गुजरी रात वहां कमरे में बंद मुझे चंदा की बहन याद आई जिसने बाँझ होने के कारण मिलने वाले तानों और जुल्मों से तंग आकर खुदकुशी कर ली थी।

पर मैं इतनी कमजोर नहीं हूँ। मैंने सोच लिया था कि मैं ऐसा कुछ नहीं करूंगी। मैं भगवान पर बहुत विश्वास करती हूँ। मेरा यह मानना है कि भगवान ने यह शरीर दिया है तो इसे खत्म करने का हमें कोई हक नहीं है। यह शरीर उनका है और जीवन–मृत्यु उनके हाथ में ही है। मुझे इसे खत्म करके उनके काम में दखल नहीं देना और न ही बाद में प्रेत योनि में लटकना है।

एक नरक से निकलकर दूसरे नरक में जाना कोरी बेवकूफी है।

मन में निश्चय कर लिया – बहुत हो गया। अब इस बांझपने के अभिशाप को वरदान बनाकर रहूँगी। कैसे कर पाऊँगी यह तो पता नहीं, पर भगवान मुझ अबला नारी का जरूर साथ देंगे, यह यकीन मेरी राह खोल देगा,मुझे विश्वास था।

मैं अपना सामान पहले ही पैक कर चुकी थी। छुपाकर रख दिया था कि किसी को पता न चले। जैसे ही रात हुई, मैं कुण्डी खोलकर चुपचाप घर से निकल गई।और बाहर से कुण्डी भी लगा दी ताकि कोई मेरा पीछा न कर सके।

तेज कदमों से चल रही थी, बस चलती जा रही थी। यही चाहती थी कि जितनी जल्दी इस घर से, जिसने मेरी एक कमी के कारण मुझे जिल्लत, बेइज्जती और बदनामी के सिवा कुछ नहीं दिया, मैं वहां से जितनी दूर हो सके, दूर चली जाऊं।

कहाँ जाना था पता नहीं, पर अब यहाँ नहीं रहूँगी, न वापस आऊँगी, ये जरूर पता था।

***जब मन उठा तो चलना आ गया***<br>
***तोड़ जंजीरें बाहर निकलना आ गया !***<br>
***हस्ती को ही मिटा देना चाहती थी दुनिया***<br>
***मुझे उस दुनिया को ही मिटाना आ गया !!***

# नई सुबह, अनजान रास्ता

*भयावह अँधेरा है चारों ओर*
*अनजान है डगर*
*क्या होगी अब मंजिल मेरी*
*बिलकुल नहीं है खबर*
*पर इरादें हैं मजबूत कुछ करके दिखाना है*
*जीवन को अब अर्थपूर्ण बनाना है*
*बहुत सह लिए जुल्म*
*अब बस बहुत हुआ*
*कोख सूनी सही पर जिंदगी अब नहीं रहेगी सूनी*
*इस सूनी कोख में कर्म का नया फूल खिलेगा*
*अब औरों का उपवन भी मेरी खुशबू से महकेगा!!*

काली अंधेरी रात में मैं बस चले जा रही थी। चारों ओर अँधेरा था पर दिल में न जाने एक अलग ही खुशी भरा उजाला था। आजाद हो चुकी थी मैं, पांच साल से मिल रहे तानों से, बदतमीजियों से, अवहेलनाओं से, तिरस्कारों से, रोज–रोज पड़ती मार से, शरीर में होती हर पल दर्द की चीत्कार से।

खुश थी मैं, आजाद थी मैं, मुक्त हो चुके थे मैं और मेरी आत्मा।

कुछ भी नहीं था मेरे पास दो जोड़ी कपड़ों के सिवा, पैसे न थे कि कोई रिक्शा, ऑटो या टैक्सी ले लूँ। पर फिर भी मैं खुश थी और तेज कदमों से चलती जा रही थी। मेरे हाथ में एक कागज का टुकड़ा था और मुझे यकीन था कि यह कागज का टुकड़ा मेरे लिए नए अध्याय जरूर खोलेगा।

जब मेरी भाभी और बहन मुझसे मिलने आई थीं, तो मेरी तकलीफ जानकर मेरी भाभी ने मुझे एक कागज पर अपनी सहेली सरिता का नंबर और पता लिखकर दिया था। उसने बताया था कि सरिता उसकी बचपन की सहेली है और अब पटना में ही गरीब और मजबूर औरतों की मदद के लिए एक एन.जी.ओ. चलाती है। हाथ में कागज थमाते हुए भाभी ने कहा था – अगर तुम्हें कभी भी किसी तरह की कोई भी मदद चाहिए हो तो सरिता से मिल लेना, वो तुम्हारी मदद जरूर करेगी।

उस समय मैंने इस बारे में कुछ खास ध्यान नहीं दिया और वो कागज अपनी अलमारी की दराज में रख दिया। मैं तो भूल–सी गई थी उसे।

पर जब जीजा वाला वाकया हुआ, तो मुझे उस कागज की याद आई और उस दिन रात को मैंने घर छोड़ने का फैसला कर लिया।

भाभी का हमदर्दी से दिया गया कागज शायद अब मेरी जिंदगी का नया रास्ता बनने जा रहा था।

***कुछ लम्हें दोस्त बन कर आते हैं***
***तब हम जिंदगी से हाथ मिला पाते हैं !***
***जैसे कहीं रहता हो फौलाद हमारे नरम गोश्त में***
***वक्त पड़े तो अपने जीने की धार तेज कर पाते हैं!!***

# कैसे पहुँचूँ!

**पांच** साल में मैं कभी अपने घर के आस–पास के घरों के अलावा कहीं गई ही नहीं थी। सड़क पर चलती दुनिया को तो जैसे मैं भूल ही चुकी थी।

सड़क पर भीड़ नहीं थी।मेरे पास से गुजरते कुछ लोगों ने जब मेरे नीले–सूजे चेहरे को घूरकर देखा तो मैं सकपका गई और साड़ी के पल्लू से चेहरा ढक लिया।

कागज पर लिखा पता जब कुछ लोगों से बहुत डरते–डरते पूछा तो यह समस्या खड़ी हो गई कि वो पता तो काफी दूर का था और मेरे पास बिल्कुल भी पैसे नहीं थे। रात के साढ़े नौ बजे थे। एक बार तो सोचा कि अपने मायके से मदद मांगूं, पर ये सोचकर इरादा बिलकुल खारिज कर दिया कि माधव और उसके घर वाले सबसे पहले तो वहीं मेरे बारे में पूछताछ करेंगे। वहां तो मैं बिलकुल पता नहीं चलने दे सकती अपने बारे में।

मुझे पता था कि माधव की माँ सुना–सुनाकर मेरे माँ–बाप का बुरा हाल कर देगी पर मैंने दिल पक्का किया और इस बारे में सोचना छोड़ दिया।

जो होगा देखा जाएगा–मैंने यह सोच लिया।

एक–दो ऑटो वालों से मिन्नत की उस पते पर छोड़ने की पर उन्होंने झिड़ककर मना कर दिया। मैं पैदल चलती रही,सोचा– कभी–न–कभी तो पहुँच ही जाऊँगी।

कई गाड़ी सवारों ने गाड़ी की स्पीड धीमी करके अश्लील इशारे किए,फब्तियां कसी,पर मेरे अन्दर कुछ बदल गया था।मेरी चाल में कोई कमी नहीं आई।

भूख और प्यास के मारे जान निकल रही थी। इतने में एक ऑटो मेरे ठीक पीछे आकर रुका।

बड़े अपनेपन से बोला – कहाँ जाना है बहन!

इतनी सी बात सुनते ही मेरे आंसू निकल गए। फिर भी मैं अपनी साड़ी का पल्लू ठीक करते हुए चुप रही। सोच ही रही थी कि अब क्या कहूँ ! तो मेरा हाथ मेरे गले में पहने पतली–सी तार जैसे मंगलसूत्र पर चला गया। मैंने उसे उतारा और ऑटो रिक्शा वाले को देते हुए कहा – मेरे पास पैसे नहीं हैं, ये रख लो और इस पते पर ले चलो।

ऑटो वाले ने उसे उलट–पलटकर देखा और ऊपर वाली जेब में रख कर बोला –चलो छोड़ देता हूँ।

मैंने राहत की सांस ली और उसका बहुत धन्यवाद करते हुए ऑटो में बैठ गई।

सोच रही थी – जब मंगलसूत्र पहनाने वाले ने जीवन का सारा मंगल ही छीन लिया तो उसका पहनाया मंगलसूत्र किसलिए गले में टाँगे रखूँ। चलो, कुछ तो काम आया ये मेरे।

***सुहाग की निशानी छूटी***
***छूट गया घर–बार !***
***यह जनम पड़ा बहुत भारी***
***मेरी जननी न बनने को धिक्कार !!***

# पहुंचना मंजिल तक

**ऑटो** वाला हवा से बातें करता हुआ ऑटो चला रहा था। ऐसे लग रहा था कि मुझसे ज्यादा उसे मुझे पहुंचाने की जल्दी थी। तेज ठंडी हवा मेरे चेहरे को छूते हुए मेरी आत्मा को छू रही थी। आजादी की हवा से होठों पर मुस्कान थी और दिल में उम्मीद के दीए जल रहे थे। डर और खुशी का मिला–जुला मिश्रण था।

लगभग एक घंटे बाद जब मैं सरिता के घर के दरवाजे पर पहुंची तो मेरा दिल जोरों से धड़क रहा था। ऑटोवाले को धन्यवाद करके मैं उतरने लगी तो उसने अपनी जेब से मेरा मंगलसूत्र निकाल कर वापस कर दिया।

मैंने उसके मुंह की तरफ देखा,तो बोला –बहन बोला है तो फर्ज निभाना भी मेरा काम है। मैं कुछ कहती,उससे पहले वो तेजी से निकल गया। दो पल मैं ठिठक कर खड़ी रह गई। सोचा –वो आदमी था या फरिश्ता !

इतने में ही घर का दरवाजा खुला और एक सुंदर महिला ने मुझे प्रश्न–भरी निगाहों से देखना शुरू किया।

मैं तो मूरत बनी खड़ी थी। वो मेरे कुछ बोलने का इंतजार कर रही थी। मेरी आँखों से बहती अश्रुधारा ने पूरे चेहरे को भिगो दिया। मैं खुद को रोक न सकी और दीदी कहकर फफक–फफककर रोने लगी।

मैं थोड़ी शांत हुई। तो मैंने बताया–मैं पूनम हूँ,आपकी सहेली अनीता की ननद हूँ!अनीता ने मुझे आपसे मिलने के लिए कहा था।

उन्होंने आँखों से स्वीकारा पर मुंह से कुछ न कहा। वो प्यार से मेरे कंधे को अपने मजबूत हाथों का सहारा देकर मुझे भीतर ले गई, पहले पानी पिलाया, और फिर चाय बना लाई। बड़ी मुश्किल से चाय भीतर उतरी। आंसू थमने का नाम ही नहीं ले रहे थे। फिर उसने मुझे साफ धुले कपड़े दिए और हाथ–मुंह धोने को कहा। फ्रेश होकर जब मैं कुछ शांत हुई तो उसने पूछा –पूनम मैं जानती थी कि एक रोज तुम जरुर आओगी ?

मैं यह सुनकर हैरान थी।

मैंने पूछा – आपको ऐसा क्यों लगा, दीदी?

वो बोली –तुम्हारी भाभी मेरी बचपन की सहेली है और उसने मुझे तुम्हारी जिंदगी की बदहाली का मुझ से जिक्र किया था,तस्वीर दिखाई थी और जोर देकर कहा था कि अगर तुम कभी मदद मांगो तो मुझे बिना कोई सवाल किए जितना बन पड़े, तुम्हारी मदद करनी है।

यह सुनकर मेरा रोना छूट गया। यहाँ मेरी भाभी है जिसने अपनी ननद का बिन कहे कितना ख्याल रखा। और वहां मेरी ननदें हैं जो अपनी भाभी की जान की दुश्मन हैं। रिश्ता तो दोनों तरफ ननद–भाभी का है पर स्वर्ग–नरक का फर्क है।

मेरे कंधे पर हाथ रखते हुए सरिता ने कहा – अब तुम यहाँ आ गई हो मेरे पास, बिलकुल मत डरो, बिलकुल मत घबराओ, समझ लो तुम्हें तुम्हारी मंजिल मिल गई है। आंसू पोंछो और मुझे सब बताओ।

आंसू पोंछते हुए मैंने पिछले पांच साल की सारी आपबीती सुना डाली।

***इस रात की कोई सुबह न हो***
***टूटे रिश्तों से अब सुलह न हो !***
***खुद्दारी की अंगड़ाई ले जरा जिंदगी***
***मजबूरी से अब मुलाकात न हो !!***

# समाज द्वारा शोषण

**मेरी** व्यथा सुनते हुए सरिता की आँखें भी भर आईं। वो बोली – पूनम, मैं जानती हूँ तुम्हारे जैसी कई औरतों को, जिन पर बाँझ होने का लेबल लगा है, जिन्हें घर वालों के साथ–साथ इस झूठे समाज ने भी नहीं बख्शा– यह समाज है ही ऐसा।

मैंने कहा – दीदी,आप ठीक कह रही हो। घर की तो छोड़ो,बाहर भी औरतों ने सत्यानाश किया हुआ है। आपको कितना बताऊँ? एक बार पड़ोस की चाची की बेटी पुष्पा की शादी थी, उस दिन हल्दी चंदन लगाने की रस्म थी उनके यहाँ। तब मेरी शादी को लगभग 2 साल हो चुके थे। तब तक मुझे बाँझ कहा जाना शुरू हो चुका था। मेरी शादी के बाद पड़ोस में पहली शादी थी, मेरी सास कहीं शहर से बाहर गई थी। न्यौता आया हुआ था तो मैंने सोचा – सासु माँ नहीं है, पड़ोस का मामला है, मैं ही चली जाती हूँ।

माधव से पूछा तो पहले उसने मना कर दिया, माँ से पूछने को कहा।

पर मैंने कहा – माँ से पूछूंगी तो नहीं जाने देंगीं। मेरा जाने का बहुत मन है।

मेरे जोर देने पर उसने अनमने मन से हाँ कह दी। बोला – चली जाओ, पर बाद में कुछ हो गया तो मुझे मत कहना।

मैंने कहा – कुछ नहीं होगा, सब जा रहे हैं पड़ोस से, मेरे जाने से क्या होगा।

मैं खुशी–खुशी तैयार होकर वहां पहुँच गई। सब लोग आपस में हंस–बोलकर बातें कर रहे थे, खुशी भरा माहौल था। पर मुझे देखकर कुछ औरतें मुंह बनाने लगीं। मैंने उस तरफ ध्यान नहीं दिया और पुष्पा की माँ से मिलकर रस्में देखने लगी। एक–एक करके सब औरतें पुष्पा को हल्दी– चंदन लगा रही थीं और आशीर्वाद दे रही थीं।

जब मैं गई लगाने, तो पुष्पा की दादी बीच में आ गई और सबके सामने बोली –अरे! इस शुभ मौके पर ये बाँझ कहाँ से आ गई। जल्दी हटाओ इसे यहाँ से।पुष्पा की शादी होने वाली है, कहीं इस मनहूस का बुरा साया न पड़ जाए, कल को कुछ गलत न हो जाए।

और दादी ने मुझे धक्का देकर हटा दिया वहां से।

पुष्पा और उसकी माँ ने मेरी तरफ करुणा भरी नजरों से देखा। पर मेरे कानों में तो औरतों के ताने सीसा बनकर घुसने लगे थे, एक बोली – इस बाँझ की हिम्मत तो देखो, यहाँ शुभ माहौल में पुष्पा को नजर लगाने आ गई। दूसरी ने कहा – बाँझ है, खुद की गोद सूनी है, दूसरों की उजाड़ने आ गई है डायन कहीं की। तीसरी कह रही थी – मनहूस कहीं की, आ गई मुंह उठाकर, सारा मजा खराब कर दिया।

मैं और न सुन सकी। भागकर वहां से आ गई।

घर आकर बहुत रोई। माधव को बताया तो उसने और झिड़क दिया – देखा, मैंने पहले ही मना किया था, तुम्हें ही शौक था जाने का, अब ले लिए मजे, माँ तुम्हारा क्या हाल करेगी अब देखना। अब रोओ बैठकर।

कहकर गुस्से से वहां से चला गया।

रात को माँ आई तो डर के मारे जान निकल रही थी। बड़ी मुश्किल से रात काटी पर जब अगले दिन सुबह–सुबह ही पुष्पा की दादी ने आकर मेरी सास को मेरे बारे में खूब बुरा–भला कहा, खूब आग लगाई तो मेरी शामत आ गई।

उसके सामने ही सास ने मुझे दो करारे थप्पड़ गाल पर रसीद दिए और मुझे जो सुनाया, जो गालियाँ दीं, वो बताने की हिम्मत भी नहीं है मुझमें। 4–5 दिन मेरा जीना हराम कर दिया।

सरिता खामोशी से सुन रही थी।

मैंने आगे कहा – दीदी, बाँझ औरतों के बहुत बुरे हाल हैं। समाज की प्रताड़नाओं की गाज से कोई नहीं बच पाती, चाहे वो पढ़ी–लिखी हो या अनपढ़।

मेरे ससुराल में चंदा सफाई करने आती थी, उसने रोते–रोते बताया था एक दिन – मेरे पड़ोस में दो भाई रहते हैं दीपक और संजय। दीपक के दो बच्चे हैं, संजय की पत्नी को बच्चा नहीं हुआ, कम–से–कम दस साल हो गए थे। संजय की पत्नी बहुत रोती रहती है। उसके पड़ोसी उसे अपने घर पर भी नहीं बुलाते, न ही भाई अपने बच्चों को संजय के यहाँ जाने देता है। जब कभी कहा–सुनी होती है दोनों भाईयों की पत्नियों में, बाँझ बोल–बोलकर संजय की पत्नी को गंदी–गंदी गाली बोलते हैं। उसे नल से पानी नहीं भरने देते कि इस औरत का साया न

पड़ जाए, न कोई शादी–विवाह, मुंडन में उसे अपने घर बुलाता है।

मैं बहुत घबरा गई थी चंदा की यह बातें सुनकर। मेरी शादी को तब तक एक साल हो चुका था और मैं गर्भवती नहीं हुई थी।कल मेरे साथ क्या होगा, मेरी गोद सूनी रह गई, तो मेरा आने वाला भविष्य भी क्या ऐसा भयावह होगा?

यह सोच–सोचकर कई रातें सो नहीं सकी थी मैं।

और देखो दीदी, वही हुआ जिसका मुझे डर था। कहाँ लाकर पटक दिया इस बांझपने ने मुझे!

सरिता ने मेरा हाथ पकड़ते हुए कहा – कुछ गलत नहीं हुआ तुम्हारे भविष्य को। तुम्हें अभी पता नहीं कि तुम्हारा बांझपन अभिशाप नहीं, तुम्हारे लिए वरदान साबित होगा।

***मेरे 'क्यों' में तेजाब है बाकी,***
***किस–किसका हिसाब है बाकी!***
***कुदरत के फैसले से मैं 'क्यों' डरूं,***
***खोट जब गैरों में, सजा मैं क्यों भरूं!!***

# सुकून

**सरिता** ने मुझे बहुत ज्यादा सांत्वना दी और कहा – पूनम तुम बिलकुल चिंता मत करो, मैं तुम्हारे साथ हूँ। अब तुम्हारी आँखों में कभी आंसू न आएंगे, ये मेरा वादा है तुमसे। तुम देखना कुछ ही समय में तुम्हारी जिंदगी कैसे बदल जाएगी, तुम अपने सारे दुःख दर्द भूल जाओगी। उठो, आंसू पोंछो, खाना खाओ और सो जाओ। कल से तुम्हारे नए जीवन की शुरुआत होनी है।

सरिता की इस बात को सुनकर मुझे कितनी तसल्ली हुई, मैं शब्दों में बता नहीं सकती। मुझे लगा कि मेरी बंजर जमीन पर पहली बार आशा का फूल खिला है।

खाना खाकर जब मैं बिस्तर पर लेटी तो दिल में बहुत सुकून था। सरिता का पता देने के लिए मैंने अपनी भाभी का लाखों बार धन्यवाद किया मन–ही–मन। मुझे ऐसा लग रहा था कि सालों बाद मैंने भरपेट खाना खाया था।

सालों बाद बिना डरे गहरी नींद सोई मैं उस रात।

भगवान किसी–न–किसी रूप में बेबस बेसहारा को अपना आशीर्वाद दे ही देते हैं।यह विश्वास पक्का हो गया।

अगला दिन मेरे जीवन की नई शुरुआत थी। नित्य–कर्म निपटाकर जब मैं सरिता के कमरे में गई तो उसने मेरी भाभी से फोन मिलाया ही था।

सुनीता कह रही थी – तुम सब पूनम की फिक्र कर रहे होगे, इसलिए तुम्हें बता रही हूँ कि वो मेरे पास है और बिलकुल ठीक है। पर ध्यान रहे कि किसी भी सूरत में पूनम के ससुरालवालों को उसके यहाँ होने का पता नहीं चलना चाहिए।

फिर सरिता ने फोन मेरे हाथ में थमा दिया। भाभी ने मेरी आवाज सुनी तो उसे चैन आया। मैंने उसे बेहद धन्यवाद दिया तो प्यार से कहने लगी – अच्छा दीदी, अपनों को भी कोई धन्यवाद देता है, अपने इसी दिन के लिए तो होते हैं! आप ठीक हैं, बस भगवान का बेहद शुक्र है, हम सबको बहुत फिक्र हो रही थी।

कुछ देर बतियाकर मैंने फोन रख दिया।

इसके बाद, अपने पास बैठाते हुए सरिता ने मेरे चेहरे और शरीर के जख्मों को ध्यान से देखा और गुस्से से बोली – बहुत

बुरी तरह मारा है उन लोगों ने तुम्हें। मैं तो कहती हूँ कि वीमेन सेल में कंप्लेंट करके इन सबको जेल की हवा खिला देते हैं एक बार,इनके होश ठिकाने आ जाएंगें।

मैंने तेज आवाज में सीधे मना करते हुए कहा – नहीं दीदी, उन्हें अब मैं बहुत पीछे छोड़ आई हूँ, उनसे अब मैं किसी तरह का कोई नाता नहीं रखना चाहती। मुकदमे वगैरह होंगे, कोर्ट–कचहरी होगी, उन लोगों की शक्ल देखनी पड़ेगी, मैं अब उन सबकी शक्ल तक भी देखना बर्दाश्त नहीं कर सकती।

यह कहकर मैं रोने लगी।

सरिता ने कहा – ठीक है, मैंने तुम्हें कल कहा था न कि तुम अब रोओगी नहीं बिलकुल भी। चलो छोड़ो उनको। अब तुम्हारे लिए सोचते हैं कि तुम्हें आगे क्या करना है!

***हर काली रात के बाद अगली सुबह सुहानी लगती है,***<br>
***बेबसी के जाले लगी अपनी तस्वीर भी पुरानी लगती है!***<br>
***अपने साथ जो बीती, वो गुजरे जमाने की कहानी लगती है,***<br>
***मैं हैरान हूँ जिंदगी, तू अब जाकर कुछ अपनी जानी लगती है!!***

# मेरी मंजिल

**दोपहर** में सरिता ने कहा – चलो, जल्दी से तैयार हो जाओ। हमें कहीं जाना है।

कहाँ जाना है ? – मैंने पूछा कौतुहूल से भरकर।

तो वो हंसकर बोली – सवाल मत करो, जल्दी तैयार होकर आओ बस।

यह कहकर सरिता घर को समेटने चली गई।

मैं तैयार होने चली गई, उत्सुकता थी कि सरिता दीदी कहाँ लेकर जाएगी!

बाहर आकर सरिता ने घर को लॉक किया और मेरे हाथ में हेलमेट पकड़ाते हुए गेट पर खड़ी स्कूटी पर पीछे बैठने को कहा। मैं हेलमेट पहनकर बैठ तो गई पर डर के मारे जान निकल रही थी। बहुत सालों बाद बैठी थी मैं स्कूटी पर। स्कूटी पर बैठकर मुझे वो दिन याद आ गए जब नई–नई शादी हुई थी मेरी, तब माधव कभी–कभी घुमाते थे अपनी स्कूटी पर। करीब एक महीना–भर ऐसे ही बीता था।कभी चाट–पकौड़ी खिलाने ले जाते तो कभी आइसक्रीम खा आते तो कभी ऐसे ही खाली सड़क पर स्कूटी खूब दौड़ाते। मैं डर के मारे चीखती तो खूब हँसते। वो भी क्या प्यार–भरे दिन थे।

तभी एक स्पीडब्रेकर ने मुझे अतीत की यादों से बाहर उछाल दिया।

जब स्कूटी हवा से बातें करने लगी तो सारा डर हवा हो गया। शरीर को चीरती ठण्डी हवा आजादी की वो हवा थी जो पहली बार मुझे मिल रही थी और बहुत सुकून दे रही थी।

कुछ ही देर में हम एक बिल्डिंग के सामने रुके जो बहुत बड़ी और ऊंची थी।

स्कूटी पार्क करके सरिता ने बिल्डिंग की ओर इशारा करते हुए कहा – पूनम, अब यह है तुम्हारी नई मंजिल। इस बिल्डिंग ने न जाने कितनी लाचार और बेबस महिलाओं को नई दिशा देकर उनके अँधेरे जीवन को नया सवेरा दिखाया है। आओ पूनम, अब तुम्हारी बारी है अपने जीवन को बदलने की।

और मेरा हाथ पकड़कर वो मुझे अंदर ले गई।

मेरे पूरे शरीर में एक करंट–सा दौड़ने लगा।

*न कोई उम्मीद बची थी न कोई खुशी*
*जीवन में अँधेरे के सिवा कुछ न था*
*पर एक विश्वास एक हिम्मत ने दिखाया करिश्मा*
*काले अँधेरे को चीरकर उम्मीद की पौ फटी*
*बदल गया अब समां,उभरे संबंधों के नए सिलसिले*
*बीता बासी कल,सपने ताजा हुए कुछ खिले –खिले !!*

# खंड – 5

# जाऊं किस डगर

**बिल्डिंग** के भीतर जब हम गए तो सामने ही कुछ लोग आपस में बातें कर रहे थे। सबने सरिता दीदी का स्वागत किया।

फिर सरिता ने सबसे मेरा परिचय कराते हुए बताया – ये सब लोग मेरे साथी हैं। हमने पांच एन.जी.ओ को एक साथ जोड़ लिया है, सभी महिलाओं को आगे बढ़ाकर उन्हें अपने पैरों पर खड़ा करने का हम मिल–जुलकर काम करते हैं। हर मंजिल पर एक–एक काम सिखाया और फिर किया जाता है। चलो, तुम्हें सब दिखाती हूँ।

सरिता मुझे पहली मंजिल पर ले गई। वहां बहुत सारी कपड़े सीने की मशीनें थीं जिन पर औरतें काम कर रही थीं। सरिता ने बताया – इस मंजिल पर सिलाई की जाती है। पहले औरतों को सिलाई आदि के कोर्स सिखाकर काम सिखाया जाता है, फिर उन्हें सिलाई का काम दिया जाता है। यहाँ के हेड मिश्राजी काम लाते हैं, वे बहुत सारे बुटीक, फैक्ट्रियों आदि के साथ जुड़े हुए हैं। यहाँ हर तरह के कपड़े बनाए जाते हैं जैसे लेडीज सूट, टॉप, गाउन, नाईट सूट, बच्चों के कपड़े और यहाँ तक ट्रैक सूट भी। बड़ी कम्पनियां हमसे कपड़े सिलवाकर अपना लेबल लगाकर खूब बेचती हैं।

सब कुछ कितना सुनियोजित था वहां और सब औरतें लगन से अपना काम करने में लगी थीं।

दूसरी मंजिल पर ले जाकर सरिता ने बताया – ये है हमारा गिफ्ट पैकिंग और साज–सज्जा बनाने का काम। यहाँ शादी–ब्याह, त्योहारों आदि में दी जाने वाली हर प्रकार की टोकरियाँ, ट्रे, प्लेटें, फूलदान, झूमर, और भी बहुत कुछ बनाया जाता है। इन चीजों की बाजार में बहुत डिमांड है और यह काम बहुत अच्छा चल रहा है। यहाँ काम करने वाली हर औरत अपनी मेहनत और सोच से बहुत ही अलग–अलग और बेहद खूबसूरत चीजें बनाती है। पहले हम इन्हें बनाने की पूरी ट्रेनिंग देते हैं, फिर हम इन्हें बता देते हैं कि हमें क्या चाहिए। सबको अपने दिमाग से बनाने की पूरी आजादी है।

इतनी सुंदर–सुंदर टोकरियाँ देखकर मैं दंग रह गई।

तीसरी मंजिल चादरों, रजाई और तकिए के गिलाफों, साड़ियों,

पर्दों आदि से भरी पड़ी थी। सरिता ने बताया – यहाँ औरतें अपनी कढ़ाई के हुनर से खूब पैसे कमाती हैं। जिन्हें इसका शौक है, उन्हें इस काम में माहिर किया जाता है। फिर वो तकिए, चादर, गिलाफ, सूट, साड़ियों, कपड़ों पर ऐसी खूबसूरत कढ़ाई करती हैं कि हम भी इनका हुनर देखकर कई बार हैरान रह जाते हैं।

इन कोयलों में एक–से–एक नायाब हीरे छुपे हैं, इन्हें बस गढ़ने की जरूरत है जो काम हमारी एन.जी.ओ करती है।

चौथी मंजिल खाने की खुशबू से महक रही थी। वहां 5–6 कमरे थे और हर कमरे में अलग–अलग काम हो रहे थे। वहां सब कुछ बहुत व्यवस्थित था। सरिता दीदी मुझे हर कमरे में बारी–बारी लेकर गई। पहले कमरे में सब्जियां कट रही थीं, तो दो कमरों में पक रही थीं, तीसरे में रोटियां, नान, परांठे, रूमाली रोटी, लच्छे परांठे बन रहे थे, चौथे में सब टिफिन में पैक हो रहे थे। वहां कम–से–कम 200 टिफिन तो होंगे ही। मैं इतने टिफिन देखकर हैरान थी।

तब सरिता दीदी ने बताया – ये हमारी कमर्शियल रसोई है। सब औरतें मिलकर खाना बनाकर पैक कर देती हैं और यहाँ के इन–चार्ज रमेश जी अपनी टीम के साथ मिलकर इन्हें जिसका आर्डर हो उसके हिसाब से देकर आते हैं। यहाँ इन टिफिन की बहुत डिमांड है।

मैं मन में सोचने लगी – वाह! ये भी क्या काम है। जिसे खाना बनाने का शौक हो, उसका शौक–का–शौक, और काम–का–काम।

इसके बाद सरिता मुझे सबसे नीचे ले गई। बिल्डिंग के सामने ही बड़ा–सा पार्क था जिसके साथ 8–10 कमरों की जगह और थी। वहां कहीं से बच्चों की बातें करने और कहीं उन्हें पढ़ाने की आवाजें आ रही थीं। उन्हें सुनकर मेरा दिल गुदगुदाने लगा। बच्चों को मैं न जाने कितने सालों बाद देख, सुन रही थी।

सरिता ने बताया – ये हमारा गरीब बच्चों के लिए मुफ्त का स्कूल है। जिन बच्चों के माँ–बाप गरीबी के कारण उन्हें पढ़ा नहीं सकते, वो यहाँ पढ़ने आते हैं। यहाँ पहली से दसवीं तक क्लास होती है। दिन में 3 शिफ्ट लगते हैं और औरतों को उनकी शिक्षा के अनुसार बच्चों को पढ़ाना सिखाया जाता है।

तभी वो इस जिम्मेदारी को अच्छी तरह निभा पाती हैं। इस बात पर खास ध्यान दिया जाता है क्योंकि बच्चे ही तो आने वाला कल हैं।

अभी तक मैं बड़े असमंजस में थी कि मुझे क्या करना है पर अब मैं समझ चुकी थी कि मेरी राह क्या होगी।

***एक सपना देखा खुली निगाहों में***
***एक अपना देखा भीड़ भरी राहों में!***
***एक नरम आस–भी उभरी सर्द आहों में***
***एक सुकून की लहर भी झलकी कराहों में!!***

# जान गई अपनी राह

**चाहे** मेरे पिता गरीब मजदूर थे पर वो दिल से बहुत अमीर थे। उन्होंने मेरे भाई–बहन को उनके पैरों पर खड़ा करने में कोई कसर न छोड़ी, मुझे भी बहुत जोर देते थे पढ़–लिख कर कुछ बन जाने को, पर उनकी बात मैंने गौर से सुनी ही नहीं। आज मैं बहुत पछताती हूँ, पर उन्होंने हम तीनों को बराबर से खूब प्यार दिया। प्रेम और अपनापन देने में कभी कोई कमी न छोड़ी। और साधन भी सबको बराबर से दिए।

जो प्यार और दुलार मुझे बचपन में अपने माँ–बाप से मिला, वही मैं अपने बच्चे को देने की सोच रखती थी। जब से मैंने होश संभाला था, तब से मेरा यही सपना था कि मैं अपने बच्चे को प्यार के साथ–साथ इतना पढ़ाऊंगी, इतना सबल बनाउंगी कि वो बहुत बड़ा आदमी बनेगा या बनेगी और जो गलती मैंने की,मैं कभी भी उसे न करने दूंगी।

पर अफसोस! भाग्य को कुछ और ही मंजूर था। पता ही न था कि मैं अपने बच्चे का मुख कभी न देख पाउंगी और एक बच्चा पैदा न कर पाने की मुझे इतनी दर्दनाक सजा मिलेगी।

उस दिन जब मैंने क्लास में इतने सारे बच्चे एक साथ देखे, तभी वहीं खड़े–खड़े मैंने फैसला कर लिया कि मुझे क्या करना है, और अब आगे मेरी राह क्या होने वाली है! अब इन बच्चों को पढ़ाकर उन्हें एक अच्छा इंसान और एक अच्छा नागरिक बनाना ही मेरे जीवन का मकसद है–मुझे यह पक्का अहसास हो गया था।

मैंने अपना यह फैसला जब घर पहुंचकर सरिता को सुनाया तो वो बहुत खुश हुई।

बोली – पूनम ! मुझे पूरा यकीन है कि तुम एक बहुत बेहतरीन टीचर बनोगी। जिसे जो बहुत चाहकर भी नहीं मिल पाता, उसकी उसे बहुत कद्र होती है।

मैं – हाँ दीदी, ये तो मैं खूब जानती हूँ। पर मैं बच्चों को पढ़ाऊंगी कैसे, मुझे तो पढ़ाना नहीं आता, और जो पढ़ाई मैंने की थी सालों पहले वो तो मैं भूल ही चुकी हूँ।

सरिता – तुम इसकी बिलकुल चिंता मत करो पूनम। तुमने फैसला कर लिया, तुम्हारा काम बस इतना ही था। बाकी मुझपर छोड़ दो।

ठीक है दीदी – मैंने चैन की सांस लेते हुए कहा। मुझे बहुत सुकून था और मैं अपने आने वाले कल के लिए बहुत उत्सुक और खुश थी।

***नई उम्मीद है नया तराना है***
***जिंदगी अब एक नया फसाना है***
***खत्म हुए वो दुःख भरे दिन***
***छूट गई पीछे वो टूटी जिंदगी***
***जीऊँगी अब मैं अपने हिसाब से***
***नहीं डर मुझे किसी के रुआब से !***

# हो गई तैयार

**पहले** पढ़ने से लेकर फिर पढ़ाने का सफर सरिता की वजह से बहुत जल्दी और आसानी–से हो गया। उसकी सलाह से मैंने टीचर ट्रेनिंग कोर्स किया, बच्चों के कोर्स की खूब किताबें पढ़ीं, दिन–रात एक कर दिया। 6 महीने के अंदर मैं काफी तैयार हो गई पढ़ाने के लिए।

सरिता मेरी लगन और मेहनत देखकर बहुत खुश थी। वो मुझे अब – 'टीचर जी' बुलाने लगी थी।

एक दिन मैं सुबह नहा–धोकर कमरे से बाहर निकली तो उसने अपनी स्कूटी की चाबी मुझे थमाते हुए कहा – टीचर जी, चलो आज से तुम्हारी एक और ट्रेनिंग शुरू।

मेरे बहुत मना करने पर भी वो नहीं मानी और बोली – याद करोगी और मुझे धन्यवाद दोगी जबरदस्ती यह सिखाने के लिए।

मैं – दीदी, आपका धन्यवाद तो मैं दिन–रात करती हूँ हर चीज के लिए, आपका कर्ज कभी नहीं उतार सकती, आपकी वजह से ही तो मैं आज सिर उठाकर इज्जत की जिंदगी जी रही हूँ।

चुप कर पगली – तू तो मेरी अपनी है, अपनों को कैसा धन्यवाद और कैसा कर्ज !अब तुम मुझे बातों में न लगाओ और ये चाबी पकड़ो।

जब तक मैंने स्कूटी चलानी नहीं सीख ली, उसने मुझे चैन नहीं लेने दिया। अब मैं उसके और अपने बहुत सारे काम करने लगी, बाजार के और घर के भी। घर का कुछ भी सामान लाना होता या एन.जी.ओ. में कोई छोटी–मोटी चीज चाहिए होती तो मैं ही लाती। बच्चों की पढ़ाई का सारा सामान – किताबें, कापियां, पेंसिल, रबर आदि जो चाहिए होता, सरिता मुझे हमेशा साथ लेकर जाती। साथ–साथ दोपहर तक मैं स्कूल में रहकर बच्चों से जान–पहचान बनाती और पहले से पढ़ा रही टीचरों से बहुत कुछ सीखती।

कब 6 महीने और बीत गए और मेरा कोर्स पूरा हो गया, पता भी न चला।

अब मैं टीचर बनने के लिए बिलकुल तैयार हो चुकी थी।

फिर वो दिन आया जिसके लिए मैंने इतनी मेहनत की थी।

सरिता ने मुझे एक दिन पहले ही तैयार होकर स्कूल चलने को कह दिया था – पूनम, सुबह जल्दी तैयार हो जाना, पहले मंदिर चलेंगे, कल से तुम टीचर बनकर बच्चों को पढ़ाना शुरू करने वाली हो।

हंसकर बोली – टीचर जी, अब सच में टीचर बनने को तैयार हो जाओ।

मैं खुशी के मारे उछल पड़ी। रात को ठीक से सो भी नहीं पाई उत्सुकता–वश।

सुबह जल्दी उठकर, नहा–धोकर मैं तैयार थी। हमने जल्दी–से नाश्ता किया, मंदिर गए और फिर स्कूल गए।

स्कूल तो मैं रोज जाती थी पर वो दिन बिलकुल अलग था – टीचर बनकर स्कूल जाना, जो मैं कभी नहीं भूल सकती।

***बदला ढंग मेरा बदला रूप***
***मेरे हिस्से आई नई धूप***
***कल तक थी जो नाकारा***
***बन गई अब खुद में एक सहारा***
***इधर एक ओर,मेरी हस्ती बदल रही थी***
***उधर,मेरे हाथ की जीवन रेखा पलट रही थी !!***

# शुरू हुआ नया सफर

**जैसे** ही मैं क्लास का दरवाजा खोलकर अंदर गई, सब बच्चे खड़े हो गए और प्यार से बोले – गुड मोर्निंग टीचर।

छोटे–छोटे पहली क्लास के बच्चे मुझे देखकर मुस्कुरा रहे थे – कोई प्यार से और कोई शरारत– भरी नजरों से। मैं स्तब्ध–सी खड़ी थी दरवाजे पर।

'मैं और टीचर' – कभी ख्वाबों में भी न सोचा था ऐसा।

तभी एक प्यारी–सी छोटी–सी लड़की मेरे पास आकर मेरा हाथ पकड़कर शर्माते हुए खींचते हुए बोली – आओ न टीचर जी, अन्दर चलो न ?

तभी मुझे जैसे होश–सा आया और मैं उसके पीछे चल दी।

सब बच्चे जब बैठ गए तो मैंने उन्हें खुद का परिचय दिया और एक–एक करके सबके नाम पूछे।

पहले दिन मैंने उन्हें कुछ खास नहीं पढ़ाया।, सिर्फ सब बच्चों के बारे में जाना। उनकी बातों से मुझे पता चला कि सब बच्चे बहुत ही ज्यादा गरीब घरों से थे और उन्हें मुश्किल से दो वक्त की रोटी ही मिल पाती थी। उनकी हालत देखकर मुझे उन पर बहुत दया आई।

मुझे उन सबसे पहले दिन ही एक लगाव–सा हो गया, प्यार हो गया। इतने सालों से बच्चों के लिए तरस रही थी मैं शायद इसलिए।

12.30 कब बज गए, पता ही न चला। छुट्टी होने पर सब बच्चे शोर मचाते हुए अपने–अपने घर भागे।

जाते हुए उनमें से जो नन्ही–सी गुड़िया मुझे क्लास में खींचकर ले आई थी, मेरे पास आई, मुझे नीचे झुकने का इशारा किया।

मैं नीचे झुकी तो मेरे गाल पर छोटी–सी चुम्मी देकर झट–से भाग गई। मैं देखती रह गई उसे।

मुन्नी नाम था उसका।

मेरे दिल को लेकर भाग गई वो।

मैं अवाक खड़ी रह गई।

कुछ देर बाद मेरे भीतर से मुस्कराहट फूटी पर उतनी ही मात्रा में लज्जा भी आई। ऐसा क्यों हुआ,पता नहीं चला !

क्लास के बाद जब मैं बिल्डिंग में गई तो सरिता सामने ही खड़ी थी।

मेरा चेहरा देखकर मेरे हाथ में चाय का कप पकड़ाते हुए बोली – क्या बात है पूनम, इतना खुश तो मैंने तुम्हें पहले कभी नहीं देखा, ऐसा क्या हो गया पहले ही दिन आज?

मैंने मुस्कुराते हुए कहा – क्या बताऊँ दीदी, आज पहले ही दिन मुझे किसी से प्यार हो गया है।

सरिता – अच्छा जी! कौन है वो? जरा हमें भी तो बताओ!

फिर कुछ रूककर वो खुद ही बोली – मुझे पता है वो कौन है, वो मुन्नी है न?

मेरे आश्चर्य का ठिकाना न था,35 बच्चों में से किस से मुझे प्यार हो गया,यह उन्हें कैसे पता चला!

जैसे चोर की चोरी पकड़ी गई हो, मैंने तपाक से पूछा – आपको कैसे पता चला!

सरिता – मुन्नी है ही इतनी प्यारी, सबका दिल तुरंत जीत लेती है। खुद इतनी अच्छी है पर बेचारी का नसीब अच्छा नहीं है।

मैं परेशान हो गई – क्यों दीदी, ऐसा क्या हुआ?

सरिता – सात भाई बहन हैं मुन्नी के, माँ इसे पैदा करते हुए मर गई, तब से इसका पिता इसे मनहूस कहने लगा, शराब पीकर नशे में धुत पड़ा रहता है अब वो, किसी की परवाह नहीं उसे। सबसे बड़ा भाई हमारे यहाँ काम करता है, उसी से घर का किसी तरह गुजारा होता है बस। ऊपर से शराबी बाप ज्यादातर सारी कमाई छीनकर शराब में उड़ा देता है। बड़ा भाई इतना अच्छा है कि खुद पढ़ाई छोड़कर दिन–रात मेहनत करता है और बाकी भाई–बहनों का पेट भी पालता है और उन्हें पढ़ाता भी है।

यह सब सुनकर मेरे आंसू निकल आए।

इतने छोटे–छोटे बच्चे और इतना दुःख, इतना संघर्ष।

मुन्नी मेरे दिल के और भी करीब आ गई। मुझे उसमें अपनी जिंदगी का कुछ हिस्सा मिला हुआ लगने लगा–हालाँकि ऐसा था नहीं पर फिर भी वो मेरे दिमाग में घूमने लगी।

तभी स्कूल में घंटी बजी। बच्चों का शोर सुनकर मैं अगली शिफ्ट के बच्चों को पढ़ाने चली गई। फिर लंच ब्रेक के बाद

शाम तक एक और शिफ्ट चली। दूसरी शिफ्ट में दूसरी क्लास और तीसरी शिफ्ट में तीसरी क्लास को पढ़ाया।

घर आते–आते सात बज गए,मैं थककर चूर हो चुकी थी, पर मैं आज बहुत खुश थी, बहुत संतुष्ट थी। शरीर थका था पर मन पूरी तरह से फिट था।

*मिल गया है मुझे जीने का मकसद*
*पूरी शिद्दत से जिसे करना है पूरा*
*इन मासूम बच्चों का नहीं रहेगा*
*अब कोई भी सपना अधूरा*
*इन छोटे–छोटे हाथों को*
*अब मैं बड़ा बनाऊंगी*
*इतना ऊंचा उड़ेंगे अब ये*
*आसमान छोटा पड़ेगा,इनके लिए !!*

# पहली बार

**अब** मेरा रोज का यही रूटीन था। बच्चों को 3 शिफ्ट में पढ़ाना, उनसे सवाल–जवाब करना, उनकी चुलबुली बातें सुनना, हँसी मजाक करना।

दिन कहाँ उड़ जाता, पता भी न चलता!

15 अगस्त की छुट्टी थी। मैं और सरिता घर में अच्छा–सा नाश्ता बनाकर चाय की चुस्कियां ले रहे थे।

चाय–नाश्ता करके हम सोफे पर बैठे तो सरिता ने कहा – तुम आँखें बंद करो तो भला, मैं एक मिनट में आती हूँ, तुम आँखें मत खोलना।

मैंने आँखें बंद कीं और उत्सुकता से सरिता का इंतजार करने लगी।

दो मिनट में ही वो वापिस आ गई, मेरा हाथ खोलकर उस पर कुछ रखा और बोली – अब आँखें खोलो।

आँखें खोलकर देखा तो मेरे हाथ में एक लिफाफा था।

मैंने पूछा–यह क्या है दीदी !

सरिता थोड़े शरारती मूड में लग रही थी,बोली–तुम खुद खोलो,मैं तो नहीं बताउंगी!

मैंने हिचक के साथ लिफाफा खोला,उसमें 500 रूपए के काफी सारे नोट थे।

मैं हैरान रह गई– ये क्या दीदी, ये पैसे कैसे हैं?

सरिता – गिनो तो कितने हैं?

मैंने गिने तो वो पूरे 10 हजार रुपए थे।

मैं (वापस करते हुए) – ये क्या दीदी, मुझे क्यों दे रही हो इतने रुपए?

सरिता – इसे रखो पगली, ये तुम्हारा हक है, तुम्हारी पहली कमाई, आज तुम्हें स्कूल में पढ़ाते हुए एक महीना हो गया है।

'मेरी पहली कमाई' – ये शब्द मेरे कानों में गूँजने लगे। विश्वास नहीं हुआ कि अब मैं अपने पैरों पर खड़ी हो गई हूँ और इतने सारे नोट मेरी पहली खुद की कमाई है।

मैं (रुआंसी आवाज में) – दीदी, मेरे बाबा का जो वर्षों पुराना सपना था, मुझे अपने पैरों पर खड़ा करने का, वो आज आपकी वजह से पूरा हो गया।

मुझे गले लगाकर सरिता बोली – मेरी वजह से नहीं, तुम्हारी अपनी मेहनत और लगन की वजह से।

मैंने दीदी के पैर छुए और झटपट घर में बने मंदिर में भगवान के चरणों में पैसे रखकर खूब देर तक रोती रही।

पर आज के आंसू दुःख के नहीं,खुशी के आंसू थे।

थोड़ी देर में, मैं पैसे लेकर मंदिर से बाहर आई और वो सारे पैसे मैंने सरिता के हाथ में थमाकर कहा – दीदी, पहली कमाई पर गुरु का हक होता है और मेरी गुरु, मेरा सब कुछ आप ही हो। इसे आप स्वीकार करो।

सरिता ने प्यार से मुझे गले लगाकर सिर पर हाथ फेरा, उन पैसों में से सौ रुपए रखते हुए कहा – पूनम लो, ले लिया मैंने अपना हक, मेरे लिए तुम्हारा यह भाव ही काफी है।

मैं सरिता दीदी जैसा गुरु, मार्गदर्शक, जीवन–रक्षक पाकर खुद को धन्य महसूस कर रही थी।

फिर माँ–बाबा, भाभी–भैया, छुटकी को फोन करके मैंने जब यह खुशखबरी दी तो मारे खुशी के पागल ही हो गए। बाबा तो रो ही पड़े और बोले – पूनम बिटिया, हम तो तुम्हारे जाने की खबर सुनकर टूट ही गए थे,तुम्हारी ससुराल से फोन आया था २ दिन के बाद। उसी दिन तुम्हारी भाभी ने फोन करके तुम्हारी माँ को सब बता दिया और साथ ही यह भी कहा कि फिक्र मत करो,तुम सही जगह पर हो। बेटा,उसने ही हम सबको तुमसे बात नहीं करने के लिए भी कहा था। उसने कहा था कि जब ठीक लगेगा तो तुम खुद ही फोन करोगी।

बाबा एक सांस में ही सब कुछ कह गए। फिर सांस लेकर बोले –मुझे तुम पर गर्व है। देखा, मैं न कहता था कि हर बात के पीछे कुछ–न–कुछ गहरा कारण होता है, हम बस उसे समझ नहीं पाते। जो दुःख तुमने झेला, वो एक तरह से तुम्हारी परीक्षा थी जिसमें तुम पास हो गई हो।

बाबा की बात का मतलब आज मैं अच्छे से महसूस कर पा रही थी। पर कुछ बातों का जवाब मुझे चाहिए था जोकि उनके पास नहीं था। मेरे साथ माधव और उसके परिवार का पाशविक अत्याचार और मेरा बांझपन–इन दोनों के पीछे भाग्य को दोषी मानूं या इन्सान को ! और अगर मैं इंसान को दोषी मानती हूँ तो क्या मैं विश्वास से कह सकती हूँ कि उस इंसान के स्वभाव

की वजह से मेरा इतना बुरा हाल हुआ न कि भाग्य की वजह से! तो क्या स्वभाव भाग्य से अलग है! क्या स्वभाव से भाग्य को भी बदला जा सकता है! यह सब सोचते–सोचते मेरा सर चकराने लगा। मैं परेशान हो गई। न जाने कहाँ से बचपन में हमारी गली से गुजरने वाले एक फकीर के गए भजन के बोल दिमाग में तैरने लगे–

***दीनदयाल मुरली वाले***
***तेरी लीला तू ही जाने***
***हम तो हैं बस तेरे सहारे***
***तेरे इशारों पर नाचने वाले!!***

कब मुझे झपकी आ गई, पता ही नहीं चला !

# कैसे होता है सब काम

**सरिता** ने जब मुझे तीन –चार बार हिलाया तब जाकर मेरी आँख खुली।

मेरे पानी पीकर सामान्य होने के बाद सरिता ने कहा – पूनम, अब तुम इस संस्था का एक बहुत अहम् हिस्सा हो तो तुम्हें सब पता होना चाहिए कि यह संस्था कैसे काम करती है!

फिर सरिता ने बताना शुरू किया – इस संस्था को चलाने के लिए हमें सरकार की तरफ से धन की मदद तो मिलती ही है, साथ ही सामान बेचकर जो मुनाफा होता है, उसमें से संस्था को चलाने के लिए हम कुछ पैसे अलग कर लेते हैं। फिर यहाँ काम करने वाली हर औरत को पांच हजार रुपए एक फिक्स्ड काम के जरूर दिए जाते हैं। उसके बाद उसकी मर्जी है, यदि वो और अधिक धन कमाना चाहती है, तो ओवर टाइम करके या ज्यादा काम करके उसे उसके काम के हिसाब से पैसे दिए जाते हैं। स्कूल बिलकुल मुफ्त चलता है, वहां आने वाले बच्चों से फीस नहीं ली जाती। हर टीचर को उसकी शिफ्ट के हिसाब से पैसे मिलते हैं जैसे तुम्हारी तीन शिफ्ट के तुम्हें 10 हजार मिले। ऐसा इसलिए क्योंकि स्कूल कोई कमाई नहीं करता।

हर एन.जी.ओ के लिए जो भी सामान चाहिए होता है, वो सरकार द्वारा दी गई मदद में से निकाल लिया जाता है।

बाकी रहा स्टाफ जिसमें हम लोग शामिल हैं । इसमें जो कोर सदस्य हैं, हम सबको 15 से 20 हजार मिलता है मुनाफे के हिसाब से।

मैं बोली – बहुत बढ़िया दीदी, यह तो बहुत अच्छा इंतजाम किया है आप लोगों ने।

सरिता ने आगे कहा – भगवान की कृपा से, 10 साल हो गए ये संस्था चलाते हुए, आज तक एक रुपए की भी हेरा–फेरी

नहीं हुई। यहाँ सब लोग बहुत ईमानदार हैं और सब लोगों में औरतों की मदद करके उन्हें आगे बढ़ाने का जज्बा है।

मैं – तभी तो ये संस्था इतनी महिलाओं का जीवन सुधार पा रही है, इसके कर्ता–धर्ता आप जैसे इतने अच्छे लोग जो हैं।

सरिता – पूनम, हमसे जुड़ी लगभग हर महिला अब बहुत अच्छी जिंदगी गुजार रही है। सब मिलकर प्रेम से काम करती हैं और एक दूसरे के सुख–दुःख का सहारा हैं। हमेशा याद रखना, उँगलियाँ बंद हैं तो वो एक मुट्ठी है, एक ताकत है वर्ना एक–एक उंगली अलग हो तो उसे कोई भी आसानी से तोड़ सकता है। यही हमारी संस्था की कामयाबी का राज है।

ये सब सुनकर मैं बहुत खुश थी, मैं बिलकुल सही जगह आ गई थी।

***घर–आँगन की खुशबू से जुड़कर***
***बीते कल की गुमनामी से मुड़कर***
***सेवा–कर्म की सीढ़ियां चढ़कर***
***अब जाना है मुझे आगे सफर पर !!***

# सबसे अच्छा वो पल!

**समय** जैसे पंख लगाकर उड़ रहा था। स्कूल में पढ़ाते तीन महीने और बीत गए। अब मैं बच्चों की चहेती टीचर थी, पर मेरी चहेती थी मुन्नी। न जाने मुझे उससे कैसा लगाव था! उसकी प्यारी–प्यारी बातें, गोल मटकती आँखें मुझे बहुत लुभाती थीं, दिल को बहुत सुकून देती थीं।

स्कूल से मिल रही तनख्वाह से अब मेरे पास कुछ धन इकट्ठा हो गया था। तो मैं इन गरीब बच्चों की खुद से मदद करने लगी। मैं अपनी क्लास के बच्चों को बिल्डिंग की रसोई से खरीदकर एक समय का खाना भी रोज देने लगी। सब बच्चे इससे बहुत खुश थे। उनको पढाई के साथ–साथ दिन में कम–से–कम एक बार तो अच्छा, साफ और पौष्टिक खाना मिलने लगा था।

सरिता ने मेरे इस काम के लिए मुझे बहुत सराहा और सबसे बात करके बच्चों का यह खाना मुफ्त ही कर दिया। मैं सरिता के इस नेक काम के लिए गदगद हो गई।

निस्वार्थ भाव से सेवा उसके अंदर कूट–कूटकर भरी थी।

सब बच्चों में मुन्नी मेरे लिए बहुत स्पेशल थी, मैं उसके लिए घर से खाना बनाकर टिफिन पैक करके भी ले जाती, सुबह का भी और रात का भी। उसे मैंने अच्छे कपड़े भी दिला दिए। उसके जन्मदिन पर खुद केक बनाकर लेकर गई। सब बच्चों को देने के लिए टॉफियां भी लाई।

उसे प्यारी–सी गुड़िया तोहफे में देते हुए जब मैंने उसे कहा – मेरी प्यारी–सी गुड़िया रानी के लिए प्यारी–सी गुड़िया! तो मेरे गले लगकर उसने मुझे खूब देर तक चूमा।

सबको अपनी गुड़िया दिखाने लगी। फिर अपनी खास सहेली को इतरा–इतराकर गुड़िया दिखाते हुए बोली – मेरी टीचर माँ ने दी है, देखो कितनी सुंदर है।

जब वो यह बोली तो मैं उसके पीछे ही खड़ी थी और मेरी पीठ उसकी तरफ थी, मैं किसी और बच्चे से बात कर रही थी।

अपने लिए 'माँ' – शब्द सुनते ही मेरे कान लाल हो गए। उसने 'माँ' कहा और वो भी मुझे। मुझे ऐसा लगा जैसे मेरे पैरों तले जमीन खिसक गई हो और मैं उसमें धंसती जा रही हूँ।

मुझे खुद को सँभालने में थोड़ा–सा समय लगा क्योंकि घाव बहुत गहरा था और जरा–सा छूते ही हरा होने लगा था।

मैं पलटकर मुन्नी के पास झुककर बैठ गई और प्यार से उसकी पीठ सहलाते हुए कहा – अभी क्या कहा तुमने अपनी सहेली से?

'टीचर माँ' – यह कहकर वो शरमाकर मेरी गोद में सिमट गई। मैं उसे चूमती चली गई। मुझे ऐसा लगा जैसे मेरी छाती में दूध भर गया हो।

'माँ' – अपने लिए यह शब्द सुनने को मैं बरसों से तरस रही थी। मेरी खुशी का ठिकाना न था, आँखों से बरसात हो रही थी। मैं अपनी खुशी संभाल नहीं पा रही थी। कितने बरसों से इस शब्द को सुनने के लिए कान इतने तरस चुके थे कि इसे सुनने की कोई उम्मीद ही न बची थी। पर आज अचानक यह सुनकर मैं पगला–सी गई। मेरी जिंदगी का यह सबसे अच्छा पल था अभी जिसे मैं और जीना चाहती थी मुन्नी को गोद में लिए हुए।

तभी छुट्टी की घंटी बजी और सब बच्चे तितर–बितर हो गए। मुन्नी भी मेरी गोद से खिसककर भाग गई घर जाने को।

उसे जाते देख जैसे मेरा कलेजा ही निकल गया। मैं धम् से वहीं बैठ गई और उसे जाते देखती रही।

वो जा रही थी और मेरा दिल भी बैठे जा रहा था कि जैसे वो कल दुबारा नहीं आएगी। उसी पल मुझे समझ आ गया कि मुझे अब क्या करना है!

मैंने एक बड़ा फैसला कर लिया जिसके लिए मैं बहुत उत्सुक और खुश थी।मेरी आँखों में हजारों सितारे झिलमिला उठे।

***सुलगी थी मैं बरसों सुनने को यह शब्द – माँ***
***कहाँ से लाऊं उसे जो गले लगाए और कहे – माँ***
***छोड़ चुकी थी हर उम्मीद, भुला चुकी थी उसे***
***भरोसा था कि अब न मिलेगा वो कभी मुझे***
***पर आज कुदरत ने एक करिश्मा दिखाया***
***आज एक नन्हा–सा सपना मेरे सामने आया***
***सिहर उठा मेरा रोम–रोम***
***जब उसने कहा – माँ***
***बंजर सूखी जमीन पर यह शब्द बरसा ऐसा***
***मन खिला कतरा–कतरा, नहीं कोई अब उसके जैसा !!***

# सरिता का अतीत

**मैं** अपनी स्कूटी उड़ाते हुए ऐसे घर आई जैसे हवा से बातें कर रही हो। सरिता के आग्रह पर मैंने किश्तों पर स्कूटी खरीद ली थी। स्कूटी पार्क करके मैं जल्दी से घर के अंदर पहुंची और जाते ही सरिता को गले लगा लिया।

मुझे इतना खुश देखकर वो थोड़ा चौंक गई, बोली – क्या हो गया पूनम, कुबेर का खजाना हाथ लग गया क्या?

मैं – दीदी, क्या बताऊँ, आज जो मिला है वो कुबेर के खजाने से कहीं ज्यादा बड़ा है।

फिर मैंने सरिता को मुन्नी के द्वारा 'माँ' कहे जाने के बारे में बताया।

मैं – दीदी तुम सोच भी नहीं सकती कि मैं क्या महसूस कर रही हूँ!

सरिता – मैं अच्छी तरह समझ सकती हूँ पूनम। मैं खुद इस शब्द को सुनने के लिए बहुत साल तरसी हूँ। यह कहकर वो रोने लगी।

मैं सरिता के साथ इतने समय से थी पर मैंने उसे रोते तो दूर, कभी उदास तक न देखा था। वो हमेशा हंसती–मुस्कुराती रहती थी। पर आज मुझे लगा कि इस मुस्कुराहट के भीतर भी बहुत दर्द छुपा है।

मैंने सरिता को सोफे पर बिठाया और पानी का गिलास पकड़ाते हुए कहा – ऐसा क्या हुआ दीदी, क्या मुझे नहीं बताओगी?

सरिता – पगली, तुम्हें नहीं बताउंगी तो और किसे बताउंगी!

यह सुनकर मेरी भी आँखें गीली हो गई।

सरिता मुझे अपने अतीत की यादों में ले गई।

जब मेरी शादी हुई तो हर आम लड़की की तरह मेरा भी एक ही सपना था – एक प्यार करने वाला पति और गोद में खेलता एक सुंदर बच्चा। प्यार करने वाला पति सुनील के रूप में तो मिला पर शादी के तीन साल बाद भी गोद में बच्चा न आ पाया।

सबसे 'बाँझ–बाँझ' के ताने लगातार सुनने को मिलने लगे, मार–कुटाई भी होने लगी मेरी। जब सहा न गया तो सुनील से बहुत हाथ–पैर जोड़े हालाँकि अब वो पूरी तरह से पराया हो चुका था तो मैं खुद ही दबाव डालकर डॉक्टर से जांच कराने चली

गई। मेरी जांच करने के बाद डॉक्टर ने सुनील को भी बुलाया,वो गया तो किसी तरह समझा–बुझाकर उसकी जांच भी कर दी। सुनील को गुस्सा तो बहुत आया पर कुछ बोला नहीं, जिसके लिए मैं बहुत हैरान थी।

खैर, मैं शाम होने का बड़ी बेसब्री से इंतजार कर रही थी। शाम को वो घर आया तो मैंने रिपोर्ट मांगी। उसने कहा कि उसके पास समय नहीं था तो वो रिपोर्ट लेने नहीं जा पाया। मैं मायूस थी पर मैंने कुछ न कहा।

ऐसे ही वो चार –पांच दिन और टालता रहा, रोज कोई–न–कोई बहाना बना देता या डांटकर झिड़क देता। जब दस दिन बीत गए तो मैं समझ गई कि कुछ गड़बड़ जरूर है। मेरी एक सहेली के चाचाजी भी उसी अस्पताल में काम करते थे, मैंने चुपचाप उससे रिपोर्ट मंगवा ली।

रिपोर्ट देखकर मैं दंग रह गई। मैं सुनील का टाल–मटोल करने का कारण समझ गई।

रिपोर्ट में साफ लिखा था कि मैं बिलकुल स्वस्थ हूँ और बच्चा पैदा करने के काबिल हूँ। और कमी सुनील में थी।

अब यह ऐसी बात थी जो मैं किसी से कह भी नहीं सकती थी। कोई विश्वास तो करता नहीं एक मर्द की कमी का, ऊपर से ताने सुना–सुनाकर सब मेरी जान ले लेते। तो मैंने सुनील से ही बात करना बेहतर समझा हालांकि उसका परिणाम क्या होगा, यह सोचकर ही मेरी जान निकल रही थी।

शाम को सुनील आया तो खाना आदि निपटाकर जब सोने लगे तो मैंने रिपोर्ट उसके सामने रख दी। उसे देखते ही वो आग–बबूला हो गया और चिल्लाकर बोला – अच्छा! अब तेरी इतनी हिम्मत हो गई कि अपनी कमी छुपाने के लिए चुपचाप ये नकली रिपोर्ट भी बनवा ली अपने किसी यार से।

मेरे बाल खींचकर गला दबाते हुए वो बोला – खबरदार इस बात का जिक्र भी किसी से किया तो जान से मार दूंगा। मैं मर्द हूँ, मुझमें कमी हो ही नहीं सकती। बच्चा पैदा करना तेरा काम है। कमी तुझमें हैं, कुलटा बाँझ कहीं की।

उस दिन उसने मुझे बहुत मारा, बहुत गंदी–गंदी गालियाँ दीं, बहुत धमकाया। मैं रात–भर रोती रही और दर्द से कराहती रही।

सुबह सुनील ने सबसे यही कहा कि रिपोर्ट आ गई है और मैं

बाँझ हूँ, कभी बच्चा पैदा नहीं कर सकती।

मेरी सास ने सिर पीट लिया। उसके बाद मेरा जो जीना हराम किया, मैं ही जानती हूँ। ताने, मार, गालियाँ रोज का जैसे नियम ही बन गया।

इतना सब होता रहा पर मैं डर के मारे किसी से कुछ न कह सकी कि कमी मुझमें नहीं, उनके खुद के कुलदीपक में है।

बहुत दिन बीत गए इस बात को, फिर घर में थोड़ा शान्ति का माहौल बना। सुनील भी कुछ शांत हुआ। एक दिन हिम्मत करके मैंने सुनील से कहा – हम बच्चे के लिए इतना तरस रहे हैं, अगर अपना नहीं कर सकते तो क्यों न हम एक बच्चा गोद ले लें!

यह सुनते ही उसे अपनी कमी याद आ गयी जैसे मैंने कोई गहरा जख्म कुरेद दिया हो। दहाड़ते हुए बोला – मुझे क्या जता रही है, बाँझ तू है, तू बच्चा पैदा नहीं कर सकती।

मैंने कहा – इतना गुस्सा क्यों हो रहे हो, मैंने आप पर तो कोई उंगली नहीं उठाई, मैंने तो इसका जिक्र तक नहीं किया, मैंने तो यही कहा कि हम बच्चा गोद ले लेते हैं, मैं तो बस अपनी गोद में एक बच्चा देखना चाहती हूँ।

सुनील – किसी और का बच्चा! पता नहीं किसका खून होगा। तू इतना गिर गई है कि किसी का भी गंदा खून घर में ले आएगी और उसे मेरा बच्चा कहेगी। तब उसने मेरे गाल पर जोर से थप्पड़ जड़ा और कहा तूने ये सोच भी कैसे लिया, अब देख मैं तेरा क्या हाल करता हूँ!

फिर दनदनाता हुआ कमरे से बाहर निकल गया। मैं वहीं हक्की–बक्की खड़ी सोचती रह गई कि मैंने ऐसा क्या कह दिया!

सुनील वापस अपनी माँ के साथ कमरे में आया।

सास ने मुझे बहुत मारा, सुनील ने भी, खूब गालियां दीं और धक्के मारकर घर से बाहर निकाल दिया। सुनील खड़ा तमाशा देखता रहा। दरवाजा बंद करते हुए वे लोग बोले – बाँझ कुलटा बेशर्म, दूसरों की नाजायज औलाद चाहिए तुझे, अब मर जाकर कहीं।

मैं रात भर वहीं दरवाजे के बाहर बैठी रोती रही। पहले तो सोचा कि किसी नदी–नाले में कूदकर जान दे दूँ। पर सुबह होते–होते मैंने खुद को संभाला और सोचा – मैं क्यों जान दूँ, कमी सुनील में है मुझमें नहीं, तो मैं क्यों मरूं!

आंसू पोंछे और अपने पिता के घर गई। उन्हें सारा किस्सा बताया तो उन्हें बहुत गुस्सा आया, वो बोले – मैं दामाद जी से बात करता हूँ, ऐसे कोई किसी को घर से निकाल सकता है भला।

पर मैंने उन्हें मना करते हुए कहा – पिताजी उन्होंने मुझे आधी रात को घर से निकाल दिया बिना ये सोचे कि मैं कहाँ जाउंगी, क्या करूंगी! मुझे अब ऐसे आदमी से कोई रिश्ता–नाता नहीं रखना। मर गए वो मेरे लिए और मैं उनके लिए।

मेरे पिताजी ने कुछ न कहा, बल्कि मेरा पूरा साथ दिया। मुझे खूब हिम्मत दी। उन पर केस करने को कहा पर मैंने मना कर दिया, उनसे कोई नाता नहीं रखना था मुझे।

जो अपनी कमी को छुपाने के लिए अपनी पत्नी को बाँझ साबित करा सकता है, वो इंसान नहीं हैवान है और मुझे ऐसे हैवान के साथ कोई रिश्ता नहीं रखना था।

दो महीने बीत जाने पर जब मैं कुछ संभल गई तो पिताजी ने कहा – तुम पढ़ी–लिखी हो, समझदार हो, मैं चाहता हूँ कि तुम अपने पैरों पर खड़ी हो जाओ। मुझे गलत मत समझना बेटी, मेरे लिए तुम जान से भी ज्यादा प्यारी हो पर मैं चाहता हूँ कि तुम मुझ पर आश्रित न रहो, अपना रास्ता खुद बनाओ।

मेरे पिताजी बहुत सुलझे हुए और समझदार इंसान हैं और मैंने उनकी बात समझी और उस पर अमल किया। बहुत दिन मैंने खूब रिसर्च की, बहुत जगह घूमी। और अंत में मैंने ये फैसला किया कि मैं अपनी जैसी पीड़ित औरतों को सहारा दूंगी और उनके अँधेरे जीवन में उजाला लाऊँगी।

जब मैंने पिताजी को अपना फैसला सुनाया तो वो बहुत खुश हुए। उन्होंने तुरंत अपने एक दोस्त को फोन किया। उनकी मदद से मैंने एक एन.जी.ओ. खोला, फिर और लोग जुड़े, एक कड़ी से और कड़ियाँ जुड़ती गईं। और नतीजा आज तुम्हारे सामने है।

तो ये मेरी कहानी है – यह कहकर सरिता चुप हो गई।

***जो उड़ रहे हैं पंछी आज आसमान में***
***उनके भी पर कभी हुए हैं लहूलुहान***
***जिंदगी ने तो लिया है हर किसी का इम्तहान***
***आसानी से नहीं मिलता– एक मुट्ठी आसमान!!***

# एक अनूठा फैसला

**सरिता** चुप थी और मैं भी कुछ नहीं बोल पा रही थी। बस उसे गले लगाकर बैठी रही। हम दोनों की ही आँखों से गंगा–जमुना बहे जा रही थी। हम दोनों कुछ कह नहीं पा रही थीं पर हमारी खामोशी एक–दूसरे का दर्द बाँट रही थी।

कुछ देर बाद सरिता ने अपने और मेरे आंसू पोछे और मुस्कुराकर बोली – जो कुछ हुआ वो हमारा दुःख भरा कल था जो अब बहुत पीछे छूट चुका है। हमारा वर्तमान और भविष्य अब हमारे हाथ में है जो बहुत अलग है। हमें जीने का एक बहुत बड़ा मकसद मिल गया है, सेवा और मदद करने का। हम दोनों के जीवन से दुःख भरे बादल अब हमेशा के लिए छंट चुके हैं इसलिए अब कोई गम नहीं।

मैं – हाँ दीदी, आपने खुद के साथ–साथ मुझे और मेरे जैसी न जाने कितनी औरतों को बचाकर नया जीवनदान दिया है। आपका उपकार तो हममें से कोई भी जिन्दगी भर नहीं चुका सकती।

सरिता – चल पगली! उपकार कैसा। करने वाले तो भगवान हैं जो सबका ख्याल रखते हैं। उन्होंने सबके लिए पहले से ही सोचकर रखा है, मैं तो बस सेवा करती हूँ। और तू तो मेरी छोटी प्यारी बहन है, मुझे दीदी नहीं बुलाती क्या?

मैं – दीदी आप बहुत अच्छी हो। ये तो आपका बड़प्पन है कि इतना कुछ करने के बाद भी आप ऐसा सोचती हो। मैंने कोई बहुत ही अच्छे करम किए होंगे जो आप मुझे मिलीं और वो भी उस वक्त जब अपने, केवल नाम के अपनों ने, मुंह मोड़ लिया था, और फेंक दिया था मरने के लिए।

सरिता – अब बस कर, बहुत हो गया।चल अब खाना खाते हैं, बहुत भूख लगी है।

खाना खाकर हम थोड़ा सुस्ताने लगीं।

लेटे–लेटे मैंने सरिता से कहा – दीदी, बहुत दिन से दिल में एक बात है, मैं कुछ चाहती हूँ।

सरिता – हाँ बताओ न, क्या बात है? झिझक क्यों रही हो?

मैं – दीदी, यह जो मुन्नी है, यह मुझे बहुत ही प्यारी लगती है। मैं इसे अपनी बेटी बनाना चाहती हूँ, क्या ऐसा हो सकता

है?

सरिता (खुश होते हुए) – क्यों नहीं हो सकता? मुझे पता था कि तुम एक दिन ऐसा जरूर कहोगी, मैं जानती थी। मुन्नी के पास होने पर तुम्हारी आँखों में जो खुशी और प्यार उमड़ता है, वो मुझसे छुपा नहीं है। बहुत ही अच्छा ख्याल है यह। मैं कल ही मुन्नी के भाई से बात करती हूँ।

यह सुनकर खुशी के मारे मेरा दिल जोर से धडकने लगा और मैं आनेवाले कल का बेसब्री से इंतजार करने लगी।

***दिल की बात जुबान पर आ गई***
***दर्द बन गई दवा, जतला गई***
***बरसों तरसी थी जिसकी खातिर***
***उसके हासिल होने की घड़ी आ गई !!***

# मेरी हुई मुन्नी

**सुबह** के काम जल्दी से निपटाकर मैं स्कूल न जाकर सरिता के साथ सीधे एन.जी.ओ. की बिल्डिंग में गई। मुझे पता था मुन्नी और उसका भाई वहां आ चुके होंगे। सरिता ने मुन्नी के भाई को बुलाया और उसे मेरे मुन्नी को गोद लेने के बारे में बताया।

वो कभी सरिता की तो कभी मेरी शक्ल देखने लगा, कुछ बोल न पाया। उसकी आँखों से आंसू बहने लगे। मुन्नी को गले लगाया उसने, फिर उसका हाथ मेरे हाथ में देते हुए बोला – मैडम, हम गरीबों की किस्मत में ऐसा खुशी का मौका भी आ सकता है, ऐसा कभी सोचा न था। मेरी प्यारी मुन्नी की किस्मत बदल जाएगी, आपके जैसी माँ को पाकर।

उसकी यह बात सुनकर मैंने राहत की सांस ली। मुझे बहुत डर लग रहा था कि वो कहीं मना न कर दे। मुझे यह अंदेशा था कि उसे बहुत मनाना समझाना पड़ेगा, पर वो इतने आराम से एक ही बार में और खुशी–खुशी मान जाएगा, ऐसा सोचा न था।

सरिता ने उसे शाबाशी देते हुए कहा – रंजन, तुम बहुत समझदार और अच्छे भाई हो मुन्नी के। मैं तुमसे वादा करती हूँ, गारंटी लेती हूँ कि पूनम के साथ मुन्नी बहुत खुश रहेगी और उसे माँ का पूरा प्यार, दुलार, अपनापन मिलेगा।

रजत – मैं ये जानता हूँ, मैडम। मुन्नी तो पूनम मैडम का गुणगान करते नहीं थकती। वो तो कबसे उन्हें 'टीचर माँ' बुलाती है। मैंने तो फिर अपनी माँ के साथ कुछ साल गुजारे हैं, बेचारी मुन्नी ने तो उन्हें देखा तक नहीं। वो खुशनसीब है कि उसे इतनी अच्छी और प्यार करने वाली माँ मिल रही है।

मुन्नी हम सबकी शक्ल देख रही थी और साथ ही समझने की कोशिश भी कर रही थी।

फिर रंजन मुन्नी को थोड़ी दूर ले गया और उसे सारी बात समझाई। पहले तो वो कहने लगी – भैया, मैं आपको छोड़कर कहीं नहीं जाउंगी।

पर रंजन ने उसे और समझाया और यह भी कहा कि वो उसे रोज स्कूल में मिलेगा और वो जब चाहे घर आ सकती है, तो वो खुश हो गई और दौड़कर मेरे पास आई और मुझसे लिपटकर

बोली – टीचर माँ।

तब मैंने उसे गोद में उठाया और प्यार से कहा – आज से टीचर माँ नहीं मुन्नी, सिर्फ 'माँ'।

वो शर्माकर मेरे कान में झिझकते हुए धीरे से बोली – 'माँ'!!

कितना मधुर शब्द था यह 'माँ' जिसे सुनने को मेरे कान बरसों से तरस रहे थे। आंसुओं से भरी आँखों से मैंने उसे कसकर गले लगा लिया और कहा – मेरी मुन्नी, अब कहीं न जाने दूंगी तुझे।

सरिता ने आगे की कार्यवाही आसानी से पूरी कर दी। उसने सारा पेपरवर्क करवा दिया और कुछ ही दिनों में मुन्नी को मैंने गोद ले लिया।

***मेरे घर भी एक कली खिली***<br>
***एक नई जिंदगी मिली!***<br>
***सुनो !अब मैं नहीं रही अकेली***<br>
***मिल गई मुझे मेरी हमजोली!!***

# मैं माँ बन गई !!

**मुन्नी** के आने के बाद सब कुछ बदल गया। वो मेरे साथ खाती, पीती, सोती, उठती, स्कूल जाती, घर में साथ रहती। हम सब कुछ संग–संग करते। एक हो गए थे हम, दो जिस्म एक जान। मेरी दुनिया अब सिर्फ मुन्नी थी।

दो साल और बीत गए, मुन्नी अब थोड़ी बड़ी हो चली थी।

अब मुझे लगने लगा कि मैं अलग से अपना घर ले लूँ, कब तक सरिता दीदी के यहाँ रहकर उनपर बोझ बनी रहूँगी।

जब सरिता दीदी से यह बात की तो उन्होंने मुझे बहुत झिड़का, गुस्सा करते हुए बोली – अच्छा !अब मुन्नी आ गई तो मुझे पराया करने लगी हो, तुमने ऐसा सोच भी कैसे लिया! एक तो दीदी कहती हो, और फिर जाने की बात करती हो। क्या मुन्नी पर मेरा कोई हक नहीं? आज कह दिया, अब ऐसा सोचना भी नहीं।

कहकर वो रोने लगी।

मैंने सरिता दीदी से बहुत माफी मांगी और उन्हें चुप कराने की, मनाने की बहुत कोशिश की। पर उनकी आँखों से बहते आंसू थमने का नाम ही नहीं ले रहे थे।

तभी मुन्नी भीतर से आ गई। उसके बहुत पूछने पर जब मैंने सारा माजरा बताया तो मुझे गुस्सा करते हुए बोली – माँ, आप भी कैसी बातें करती हो!

फिर सरिता की गोद में बैठकर उन्हें चुप कराते हुए बड़ी मासूमियत से बोली – हम कहीं नहीं जा रहे, हम हमेशा आपके पास रहेंगे – बड़ी माँ।

सरिता यह सुनकर चौंक गई, बोली – क्या कहा तुमने, फिर से कहना!

मुन्नी – बड़ी माँ!

सरिता फफक–फफककर रोने लगी, बोली – मैं और माँ, मुझ अभागन को तुमने माँ कहा। मेरा जीवन धन्य हो गया। और मुन्नी को कसकर गले लगा लिया।

मैं सरिता की भावनाओं को अच्छी तरह समझ रही थी। तेज़ बारिश ने मानों प्यासी धरती की सदियों की प्यास बुझा दी हो।

मैं भी उन दोनों के गले लग गई।

हम तीनों की आँखों से झर–झर आंसू बहे जा रहे थे। यह कैसे आंसू थे आज,इनका स्वाद ही कुछ और था !

क्योंकि आज दो तरसती माओं की बरसों की प्यास बुझ गई थी!

आज दो औरतों का नया जन्म हुआ था। आज वो दोनों माँ बनी थी।

यह सिलसिला यही खत्म नहीं हो जाता ।

यह मुन्नी की दो माओं की कहानी है,नहीं।

***–यह कहानी हर उस घर की कहानी है जहाँ कोई बाँझ रहती है। यह बाँझ के श्राप को तोड़ती ऐसे वरदान की कहानी है जिसे मुन्नी जैसी हजारों–लाखों मासूम लड़कियां तोड़ने के लिए जन्म ले चुकी हैं।***

www.ingramcontent.com/pod-product-compliance
Lightning Source LLC
LaVergne TN
LVHW060254051026
849517LV00003B/805

* 9 7 8 9 3 9 3 8 0 9 1 6 2 *